NÃO, NÃO É BEM ISSO

NÃO, NÃO É BEM ISSO

reginaldo pujol filho

2ª EDIÇÃO
2ª IMPRESSÃO

Porto Alegre  São Paulo • 2025

*(...) é aquilo que estamos sempre desejando
para as palavras, escrevendo,
para logo depois saber que não,
não é bem isso.*

[Sérgio Sant'Anna, *Cenários*]

Sumário

9   Ideias que podem aparecer na cabeça de um sujeito sentado em uma cadeira

21   Essa sobra de mim

25   Krov u rot

31   Helicóptero, elefantes, Emília, John, ou Paul, ou George, Ringo não

41   No céu nunca chove

53   Experiência nº12

67   Síndrome de Amnésia Induzida (SAI)

73   Uma frase para a posteridade

79   O que não saberemos

93   Ato único

109   Jorge, Enrique, seus personagens

121   O que é barco, o que é casa, o que é mundo

Ideias que podem aparecer na cabeça de um sujeito sentado em uma cadeira

Ei, tu aí sentado nessa cadeirinha na calçada, essa cadeirinha que parece que vai arriar, ela não vai te aguentar, tu não vai aguentar ficar sentado nela até o quê, meia-noite, uma da manhã, até que horas, tem hora pra acabar? Se a cadeira não arrebentar, arrebentam as tuas costas de ficar aí sentado até as, vem cá, que horas são agora, já deve ter passado das nove, são nove e meia, tu vê no relógio, são nove e meia da noite e ainda tem gente chegando nesse coquetel festinha recepção, o pessoal bonito, coisa de novela, do núcleo rico, casacos de pele, ternos de lã, roupas finas mas grossas, porque deu essa esfriada de repente. Quando tu saiu de casa, com sol ainda, antes de pegar o primeiro ônibus, ninguém dizia que ia dar essa esfriada, e agora tu aí, só com essa jaqueta vagabunda da firma de vigilância, uniforme pros vagabundos verem que tem alguém botando respeito na área e não mexerem nos carros, nem com essa senhora sardenta e perfumada que entrou pelo portão e nem te viu, quer dizer: ver, viu, né, assim como viu o portão, viu a porta da casa e deve estar vendo uma bandeja cheia de taças, te viu como artefato do ambiente festivo, mas tu não vê a taça, não vê a hora de pegar um cafezinho na térmica, não, não, café ainda não, como saber se a senhora aquela que vê mas não vê era ou não era a última convidada a chegar, melhor esperar mais uns minutinhos, deus o livre passar um doutor, uma dona e ver e não te ver aí e comentar lá dentro da casa que dá um pouco de medo, com essa insegurança toda, chegar assim numa festa sem nenhum segurança na porta, e aí a conversa se espalha: o maior buchicho: que a festa não tem nem segurança nem porteiro, e o dono da festa fica puto, puto da cara, com toda razão, dirão os convidados, porque ele tá pagando por hora praquele negão, no caso tu, ficar de vigia e onde é que tá o negão, vou falar com o dono da empresa e esse negão não vai receber, ele diz, isso é um absurdo, ele toma um gole de champanhe, isso é falta de caráter desse pessoal, ele come uma torradinha com gruyère e chutney de damasco, vou ferrar com esse crioulo pra ele aprender a dar valor às coisas, ele tira os farelos da lapela, mas isso, graças a deus, é só uma hipótese, porque tu tá aí, né, firmão no serviço, aliás, tu aí, esfregando as mãos, assoprando um bafo nas mãos, vem cá, camarada, me diz uma coisa, tu, que acaba de levantar e finalmente dá uma caminhadinha — e bota inha nisso — dois, três passos pra lá, cruzando a frente do portão, dois, três passos de volta, já pode caminhar, mas não pode ir longe, não pode ir, é caminhar ficando, caminhar zelando, caminhar vigiando a sexta-feira à noite do pessoal lá dentro que merece um descanso, a semana foi pesada, uma pauleira, e uma bebidinha, uma conversa, encontrar gente interessante, simpática, bonita, de bem e dar umas risadas e esquecer a semana que passou é tudo o que eles precisam na sexta à noite, mas então, tu, agora que já bateu o pé na calçada pra circular o sangue e não ficar com os dedos dormentes de frio, agora que deu essa marchadinha, agora que não chega mais ninguém pra entrar por esse portão aberto e seguir por aquela trilha de basaltos rusticamente encravados na grama que conduz até lá a porta da casa onde uma loirona de vestido preto segura uma lista com uma das mãos enquanto mastiga as cutículas da outra, de onde até vem um sonzinho, deve ser música, mas é conversas também, é o tal do burburinho, pois bem, tomando esse cafezinho, ou sentado na cadeira, ou caminhando pra lá e pra cá, com tanto tempo morto, me diz só uma coisa: tu nunca pensou?

Hein?

Diz pra mim, tu nunca pensou?

Me diz a verdade, tu nunca pensou, em, vamos dizer assim, não sei se tu tá com um cassetete aí, ou com uma arma na cintura, mas vamos pensar: a situação da segurança anda terrível nesse país, então tu tá, sim, com uma arma pra poder proteger bem protegido o patrimônio que o pessoal lá conquistou merecidamente, e aí tu faz as contas do pedacinho — pedacinho pra eles, pedação pra ti — desse patrimônio que tá, nesse momento, reunido e desavisado a uns vinte passos da tua cadeirinha em fim de carreira, e tu lembra, não por rancor, mas se for rancor também qual é o problema, tu lembra que esse pessoal lá dentro, quando cruza na rua contigo, não esconde que tem medo, atravessa a rua se puder, fecha o vidro quando tu corre pra pegar o ônibus, sua frio porque o portão da garagem não abre enquanto tu te aproxima pela calçada, indo entregar teu CV pro zelador de algum prédio bacana, será que algum deles tomaria um tiro pra proteger de um assalto a tua casinha ainda no reboco?

Pois é, durante um gole de café como esse que tu toma agora, nunca te veio nada assim na cabeça? Tu nunca pensou em dar uma espiada ao teu redor e aí tu confere que ninguém tá olhando, nem lá na esquina, nem na outra, tu olha bem e nada, nada, ninguém, só carrão, uma fila de carrão, daí tu tira essa jaqueta vagabunda e deixa ela sobre a cadeira também vagabunda e, olhando mais uma vez pra trás, segue o mesmo caminho que aquela última senhora dourada no pescoço, no pulso, nos dedos e na pele alaranjada e sardenta tinha seguido, conduzida pela charmosa trilha de pedras que corre no meio do gramado, cercada de holofotes estrategicamente dispostos na altura dos sapatos entre os arbustinhos que margeiam o caminho e, feito a dona aquela, então tu te aproxima da porta da casa, ali onde tá a loirona de vestido preto, mas, diferente da senhora aquela, tu não tem nome na lista, e por isso a loirona larga as cutículas e olha pra ti, mas vira o rosto, mas olha de novo, agora ela repara bem em ti e a cara dela diz que alguma coisa não tá fazendo sentido, quem é esse negão sem terno, sem blazer, só de camiseta e calça jeans, sem encomenda pra entregar, sem terno de garçom, quem é esse negão, e aí tu responde pra ela mostrando a arma e dizendo entra, fica quieta que vai ficar tudo bem, e ela se atrapalha e não sabe se vai ou vem, mas tu ensina que vai: pega ela pelo braço, vocês entram, tu manda ela se misturar com toda a gente que está ali bebericando e comendo uma coisinha e botando os assuntos em dia e então tu dá um grito que nunca tinha dado na vida, atenção seus pau-no-cu, todo mundo pro canto da sala senão eu passo fogo, e é claro que tem gritaria e até um choro quase instantâneo, mas tu diz que quem gritar vai ser o primeiro a levar bala e manda todo mundo se amontoar no canto da sala e avisa que é pras madames e os doutores começarem a jogar agora os telefones pro meio da peça, não quero ver ninguém ligando nem mandando mensagem nem o cacete, é pra jogar telefone, bolsa, relógio, dinheiro, chave do carro, é pra jogar tudo ali na tua frente, onde vai se formando dez, vinte anos, quem sabe mais, será que chega a trinta anos de trabalho teu? Cada telefone dá um mês, alguns mais, as carteiras — sem somar o conteúdo — valem mais do que tu tem na tua, os relógios e as joias, e eu não sei se tu tem filhos, família, uma esposa, quem sabe uma esposa e uma ex, mas também isso não importa, mesmo que não tivesse família, mesmo que fosse o cara mais sozinho do mundo, nascido não de uma mãe mas de um canto escuro do mundo, tu tem os trinta dias do mês e tem os carnês e tem a incerteza de se amanhã vai ter serviço e tem a fome e tem a luz e tem o aluguel e tem a vontade de ter liberdade de ir e vir pra além do trabalho e da casa sem esgoto decente, com aquela goteira filha da puta que não dá tempo nem dinheiro de consertar, quer dizer, com família ou sem família, com melodrama ou sem melodrama, tu chama a loirona que tava na porta e que agora diz pra ti, pelo amor de deus eu não fiz nada, e te dá uma raiva, uma puta duma raiva, por que é que ela pensa que tu vai fazer algo de ruim pra ela, e tu não tem tempo pra explicar e, vamos combinar, não é de agora que tu não tem tempo, mas tu também não tem tempo pra estar pensando nessas coisas, teu tempo agora é pra apontar o revólver pra lá e pra cá que é pro pessoal seguir pianinho sem fazer merda que vai ser pior pra todo mundo, eu não quero machucar ninguém, teu tempo agora é de tirar do bolso um saco de supermercado e botar na mão da loirona e pedir ou mandar ela ir metendo tudo o que tá no chão dentro da sacola, viu, guria, não era pra te fazer mal, eu só não tenho como juntar esses trecos e ao mesmo tempo apontar a arma pra esse monte de gente louca pra me foder se eu der bobeira, sim, tu tem vontade de dizer isso pra ela ou algo por aí, mas não dá, não é hora de conversa, é hora de dar jeito nisso, tu olha pros lados, seca umas gotas de suor entre o lábio superior e o nariz, esse frio e tu suando, aponta de novo a arma pro pessoal todo arrumado, pras peruas roendo as unhas que parecem de vinil, com aquelas caras que te lembram dos trabalhos de pedreiro, meteram uma desempenadeira e cal na fuça delas todas, e pros caras e suas caras bochechudas, os que não são carecas parecem usar peruca, não fossem os lábios tremendo como treme a tua mão apontando a arma, iam parecer um bando de manequim de loja do shopping, e é tanto olho azul, tanto olho verde, olho escuro também, mas é tanto olho vermelho que tu não sabe se é de bebida, pó, fumo ou cagaço mesmo, tanto olho que nunca olhou tanto tempo pra ti, e aí a loirona te alcança a sacola esturricada de patrimônio conquistado com muito suor e herança, e aí é muito simples: não precisa ter lido muito na vida, não precisa ter ido além da oitava série, se foi até lá que tu foi, mas não precisa ter estudado muito, agora é que nem nos filmes, mesmo os que passam na tevê aberta, porque cortaram teu gato e tu não teve grana pra pagar o cara da tevê a cabo que te religava ele por um cafezinho e uma coca-cola pras crianças, mas, sim, agora é que nem nos filmes: tu pergunta quem é o dono da casa, e um sujeito cheio de por favor, cheio de não machuca ninguém, vem se esgueirando, tirando a franja da testa, espalmando as duas mãos pra frente como se te empurrasse sem te tocar, tu vê a marca larga e branca que ficou no lugar onde devia estar a aliançona de ouro que agora está na sacola que a loirona te entregou e o sujeito fica um passo à frente do resto e calma, estamos entre amigos, ele diz, e a tua vontade é de rir, como se tu também estivesse entre amigos, imagina estar entre amigos numa casa dessas, só se fosse na cozinha, com os empregados, mas tu corta o cara com um cala boca, alemão, chega de papo, porque tu quer saber logo se a casa tem despensa, porão, um lugar com chave, e tem e é na cozinha, passando a cozinha, então todo mundo pra lá, em silêncio, entrando nessa despensa aí, e o pessoal vai entrando em fila e uma mulher, a primeira que entrou, grita lá de dentro que vai sufocar, que é muito apertado, muito apertado, tu pode acreditar nisso? Será que te vem o ônibus à cabeça? Ou o posto de saúde no inverno? Ou a casa onde tu cresceu?

Ou tua vida? Apertado é melhor que tiro, minha senhora, tu diz, e manda ninguém falar mais nada e aí tu vê, talvez tu veja, que também garçom e copeira e cozinheira tão entrando e deve dar uma culpa, porque eles estão na mesma barca furada que tu, é claro que sim, mas e agora, mandar eles saírem, todos que ganham entre um e dois mínimos pra fora da despensa? Não, né, vai ter que lidar com isso, tu vai ter que lidar com isso, e aí tu manda todo mundo se espremer o mais que der, bem no fundo daquela despensa, maior que muita casa onde tu já morou, e dá pra ver, por cima das cabeças cheias de caras apavoradas e maquiagens borradas, dá pra ver quase um supermercado de latas, vidros, garrafas, pacotes que tu nunca abriu, e é pena não ter um caminhão e estar nessa sozinho, senão dava pra levar tudo isso também, deve ter um ano de comida, ia ser uma festa, imagina o pessoal na vila tomando champanhe e abrindo esses pote tudo, mas aí todo mundo tinha que sair da despensa pra tu pegar esses mantimentos todos, ia ser a maior confusão e o melhor é isso mesmo, que todo mundo dê mais um passinho pra trás, se a gente consegue o passinho pra frente no busão, eles vão ter que conseguir aí, apertado é o caralho, pronto, conseguiu botar a turma toda a pelo menos uns três passos da porta, parecem rebocados nas paredes, e aí tu te aproxima do trinco, puxa ele, vai fechando a porta e dizendo que é pra contar até mil antes de fazer qualquer coisa, que não te custa nada voltar se ouvir um pio sequer, não te custa nada voltar e encher eles de tiros, já tá fodido mesmo, eu não tenho nada a perder, tu diz, e vê que eles, que têm sim algo a perder, eles que não perderam nem um por cento nessa brincadeira contigo, ah, eles se borram tudo, e tu fecha a porta, ouvindo o clac, clac da fechadura misturado com uns gemidos, uns ganidos, uns suspiros, mas nada de grito ainda. Então corre, negão, pega a sacola e corre, que vai saber se alguém não mocozeou um celular e já não tá ligando pros homem. E tu corre com a sacola na mão, mas corre só até a porta que dá pro jardim e para. Aí olha pra rua, ninguém passando, mete a arma na cintura da calça, o cano gelando a pele quente de adrenalina e sangue voando pelas veias, ajeita a camiseta por cima do canhão pra ninguém te ver todo caubói por aí e sai pro pátio, olhando pros lados como se vigiasse, e vigia mesmo, mas vigia a tua segurança, só a tua, caminha ligeiro, mas não tão ligeiro que pareça fugir, ligeiro como o vigia que se permitiu um minuto e dezessete segundos pra dar uma mijada no banheiro de serviço sem pedir autorização e agora volta apressado pra não perder o emprego, ligeiro assim, tu já chega no fim da trilha de pedras encrustadas no gramado, olha pra trás, ninguém, não ouve sirene, nem grito, vai saber, vai, vai, vai, cara, sai logo daí.

Tu sai pelo portão, vira à direita, na direção da cadeira raquítica e desmilinguida e vai até ela e vai pegar a jaqueta toda filha da puta da firma de segurança, a jaqueta que tu deixou bem no assento onde tu segue sentado há o quê, trinta, quarenta minutos, agora tentando sintonizar baixinho no rádio de pilha as notícias do esporte, saber a escalação de domingo, enquanto zela o patrimônio alheio, enquanto estica o olho pra esquina porque ouviu um barulho e não era nada e agora olha pros teus coturnos surrados, pensando em sei lá o quê, mas acho que não em, e aí eu te pergunto, por que não? Por quê?

**Essa sobra
de mim**

Estavas tão bonito, recolhendo meu olhar pela calçada. E eu aqui a te observar com o olhar que me sobrou. Apanhavas meu glóbulo que agora nem sei se ainda é olhar, fora do meu rosto. Minha orelha que pende no meio-fio é ouvir? E essa mão minha na mão tua que tiras do asfalto, como se me tirasse para dançar? Pena ser apenas ela quem vai, já que meu braço foi descansar lá do outro lado no momento em que o carro me partiu em duas, três, quatro, tantas. Agora sou apenas uma, um olho só, uma cabeça só a te mirar tão lindo. O que sentes neste exato momento em que seguras firme uma das minhas coxas? Percebes minhas horas de academia, meus anos de balé?

Tem nome essa tua profissão de recolher meus pedaços, meu sangue do chão? E importam nomes agora que encontrei um homem capaz de tocar cada pequeno canto de mim? Olha, que incrível, tu reparas, eu era feita de mínimos detalhes, notas o mindinho do meu pé esquerdo que, não imagino como, se desgarrou, foi para longe dos quatro irmãos, que devem estar ainda com o pé (com a perna) em algum lugar que este único olho que me resta não consegue alcançar.

Quem me dera ter sido forte e resistir ao impacto do para-choque, do capô, dos estilhaços, quem me dera ter caído inteira no asfalto para depois ter caído inteira nos teus braços. Mas, fosse assim, tu virias me recolher? Ou seria um enfermeiro, cuidando para que eu sobrevivesse?

Isso sim seria a morte, não descobrir que alguém, alguma vez na vida, poderia recolher meu tronco com o zelo, com o carinho e com a firmeza com que pegas esta parte de mim. Veja, lindo, teu olhar agora encontra este meu. Vens por ele ou pela cabeça ou, devaneio, por isso tudo que sinto? Sinto onde, se meu coração já está naquele saco preto? Mas sinto, sinto, sinto em algum lugar desta sobra de mim que agora sou, sinto que esse homem, que recolhe minha cabeça da calçada como se fosse me dar um beijo, é o homem da minha vida, mesmo nessa hora derradeira, em que dela me despeço.

Estás tão bonito aí fora, largando minha cabeça aqui no saco preto.

**Krov u
rot**

Sangue na boca era o terceiro livro dele, terceiro livro que ele pagava para publicar. De modo que passou a dever também para a avó materna, Eulália. Mas acreditava, entretanto, que a ousadia e agressividade desse projeto — a pormenordetalhizada narração da primeira vez (baseada em fatos reais) do protagonista (que tinha o seu nome) com sua namorada (que tinha o nome da sua ex-namorada), bêbada, em que o narrador só descobre que a jovem está menstruada no momento em que faz sexo oral nela; ou as cáusticas críticas aos seus professores críticos literários (mantendo os nomes); e o recurso narrativo de *fazer acontecer, literalmente, na realida-*

de do texto, os impulsos agressivos que surgem como lapsos na cabeça de todos frente a situações negativas[1], como arrancar cabeças, partir ao meio, mandar longe —, acreditava, pois, que todo este empreendimento literário valeria os bingos a menos da avó e acabaria com a indiferença em relação ao nome Renê Schwartz. Os oito amigos e parentes, mais o primeiro desconhecido a aparecer num lançamento seu (o sujeito havia anotado erroneamente a data de um outro lançamento, pediu desculpas, deu os parabéns e foi embora), e o silêncio mundial em relação a *Sangue na boca* haviam invalidado as certezas. Até que chegou na sua caixa de e-mails uma mensagem de um destinatário cujo endereço terminava em .com.ua. Alguém queria traduzir *Sangue na boca* para o ucraniano. Por quê? Por que não? As tratativas todas correram por e-mail. Questionado, o Google confirmou a existência da editora, o cheque do adiantamento caiu na conta, Dimitriev (o dono do endereço .com.ua) enviou pdfs com as traduções, Renê riu do seu texto incompreensível para si mesmo, admirou seu nome em uma sanguinolenta capa em ucraniano, mais um cheque caiu na conta, assim poderia pagar a avó — ou fazer um livro novo —, e outro cheque caiu — pagar a avó & fazer um livro novo —, e mais um cheque — pagar a avó, o pai (pelo primeiro livro) & fazer um livro novo — e mais um cheque e outro e tudo bem e, então, tudo ótimo: veio

---

[1] Cf. declaração do autor em uma entrevista que imaginava um dia dar.

o convite: Renê, você está atualmente sendo o maior estrela dos livros aqui. Você é um convidado especial de Feira de Livro do Krakhovka.

O cachê, a ideia de sucesso, a viagem-com-tudo-pago, mais uma vez, por que não?

E agora faz menos dezessete graus na rua. Mesmo assim, Renê sua dentro do auditório de Krakhovka. Dimitriev e mais dois ucranianos, pelo tom de voz, empolgados, já falaram para a plateia sobre ele[2]. Olha o espaço lotado e uma coisa que não consegue entender, além do idioma local, é por que há tantos adolescentes no público (seu livro é mais maduro que isso), por que tantos de preto, alguns com capas; não consegue compreender exatamente o que se passa. Da mesma forma que, há instantes, não entendeu a primeira pergunta de um dos seus incríveis tantos fãs ucranianos (mesmo, ou em especial, depois que Dimitriev traduziu para ele): Há muitos autores de livros de vampiros em Brasil? Discorrendo em português, simultaneamente vertido para ucraniano por seu tradutor, respondeu que não sabia, é um gênero pouco valorizado literariamente, e notou o virar rá-

---

2 É o que imagina Renê: que Dimitriev tenha explicado que descobriu o imenso Renê Schwartz no semestre em que fez intercâmbio em uma universidade brasileira: "Eu vi o livro em loja de usados e, sendo barato [isso ele não precisa dizer], comprar para ler na volta pro Ucrânia", contou para Renê num café de Krakhovka e deve ter contado para a plateia esse causo em bom ucraniano.

pido de rosto de Dimitriev, as perguntas franzidas em sua testa, assim como o burburinho adolescente com a sua resposta. Talvez já faça menos dezoito graus na rua. E agora ele treme. Porque acaba de ouvir a segunda pergunta: A sede de sangue do vampiro Renê é um metáfora do ansiosismo do jovem querendo estarem sempre a chuparem experiências novas, traduz Dimitriev. Renê não entenderia nem mesmo com o melhor tradutor do mundo, nem que tivesse nascido em Kiev, nem que estivesse bebendo vodka no lugar de água, e responde que é uma interessante leitura e que todas as leituras são válidas. Vem mais uma pergunta: Haverá continuamento da saga? E mais outra: O amor verdadoso ter poder de humanizar o vampiro Renê? Com longas pausas, inteligentes respirações e olhares no horizonte, Renê procura fazer com que suas respostas demorem tempo suficiente para não dizer nada. E evitar novas questões.

Mira a fila de pretendentes a autógrafos. Mesmo que sua fala, obviamente, não tenha sido empolgante, tem o quê? Duzentas, trezentas, quatrocentas pessoas? Ainda lembra da pergunta Por que o vampiro mordisca a namorada não em pescoço?, e de dizer Essa resposta está em cada um de nós. Muita gente esperando do lado de lá da mesa. Ele sozinho no de cá. Pega um livro que está sobre a mesa, lê — ou pronuncia como Dimitriev ensinou — o título, *Krov u rot*, e confere o nome do autor, o nome no seu passaporte, na identidade. Ainda é o mesmo. Faz que sim com a cabeça para seu tradutor e para os organizadores da feira. A fila anda. A primeira jovem, branca como se não soubesse do sol, loiríssima, roupas pretas e maquiagem negra ao redor dos olhos tristes, apesar dos olhos tristes, sorri um elogio ucraniano e entrega um exemplar ao autor. Renê capricha no Velyk Spasybi caneteado na folha de rosto pálida como a menina. Olha de novo a fila, quem sabe mais de quinhentos? O negócio é assinar logo todos esses livros. Garrancha um Obiẏnyaty, Renê Schwartz, logo abaixo do abraço ucraniano para, quem diria, sua leitora ucraniana, pensando em quanto tempo isso vai durar, em que talvez precise participar de alguma entrevista para a tevê local e, mais importante: assinando já o segundo livro, agora para um menino com uma capa preta e uma franja quase uma asa da graúna passando rente aos olhos, dá uma nova olhada para a multidão e decide: não ir embora desse país sem perguntar para o orgulhoso Dimitriev, que sorri para Renê agora, se topa traduzir mais livros seus para o ucraniano.

**Helicóptero,
elefantes, Emília,
John, ou Paul, ou
George, Ringo não**

É cada vez mais comum um cidadão médio ouvir o som de helicópteros no dia a dia. Sou um cidadão médio. Talvez médio diferente. Porque agora, assistindo no Discovery Channel a um documentário sobre elefantes, com uma apresentadora australiana (ou neozelandesa) chamada Emília, eu, que, tão colonizado pelo Sítio do Pica-Pau amarelo, sempre achei que Emília era qualquer coisa tão brasileira, me espanto mais com a Emília do que com os elefantes. Minto. Porque sou um cidadão médio diferente, me espanto ainda mesmo com o helicóptero que sobrevoa a cidade e abafa os sons da Emília e dos elefantes e não consigo relaxar com o tec-tec-tec que a aeronave metralha sobre minha cabeça. Desculpem, não sou cosmopolita, um helicóptero no céu sempre me faz perguntar o que se passa, por que, para onde, que história é essa e me perco imaginando motivos para um helicóptero no céu e não é raro, assim como não mais os helicópteros — mas talvez o sejam elefantes e eu imaginava que o eram as Emílias longe daqui — mas não é raro que imaginando a história do helicóptero, eu só consiga pensar no Vietnã, sons de hélices no céu, que história é essa, só pode ser uma história que se passa no Vietnã (ou sobre a Avenida Paulista, mas o Vietnã é mais universal que a Avenida Paulista e concluímos de modo apressado que a Guerra vem antes do Business, mas não é disso que estávamos falando, e até por isso estamos num parênteses, e não sei por que estamos falando nessa hedionda primeira pessoa do plural — hedionda em muitos textos, não na vida real, especialmente nos dias que se seguem, sempre há milhares nas ruas em alguma capital em algum lugar do mundo, talvez um punhado de Emílias, vigiadas por helicópteros, e um velhinho cansado de tudo e de tanta falta de sentido poderia dizer, Só faltam elefantes, não, Com mil elefantes, ele exclamaria, porém não, ninguém diria isso e já vou num travessão, dentro de dois parênteses, insondável mistério da mente humana, dos meus devaneios, mas já chega:), pois que o que importa é o helicóptero no céu e, sim, minha conclusão a favor do Vietnã, expressão ("a favor do

Vietnã") que me faria numa louca contradição ser linchado por pacifistas nos loucos anos pós-maio de sessenta e oito, mas eu explicaria, Calma gente (ou easy, people, se estivesse na Califórnia, entre panteras negras e pacifistas, mas sem elefantes), quando digo "a favor do Vietnã" é enquanto escolha ficcional: a história que me vem à mente se passa ou passará no Vietnã, porque Emília; ou porque elefantes; na verdade, porque helicóptero. Mas o quê, há Emílias e elefantes no Vietnã, me pergunta um retórico alguém louco para me meter minhocas na cabeça e retirar elefantes, mas eu, que sou muito bom em geografia (desde que não tenha que me movimentar para comprovar isso), e sou muito bom mesmo em geografia, e melhor ainda em Wikipédia, direi: sim, senhor, há elefantes (uns quantos) no Vietnã e já havia nos anos sessenta, quando uma praga de helicópteros tentou dizimar o país, porque, embora a maioria tenha visto mais helicópteros ao vivo do que elefantes, uma informação: os elefantes são bem mais antigos do que os helicópteros e até do que a Emília, seja a da tevê, seja aquela do Sítio. Eles descendem dos mamutes. Mas não vou falar de mamute, senão vamos para a pré-história. Apenas respondo aos que me questionam: vou te contar que durante a guerra que lá houve, no Vietnã, aquela que a gente conhece do cinema e só, durante a guerra, os elefantes já estavam lá, e os helicópteros estavam no cio se procriando, ao contrário dos humanos que, dizem, andavam em baixa naqueles tempos, mas o interessante é que um soldado infantiloide (como convém pensar dos soldados, desde que não sejam heróis), pois esse soldado, John, ou Paul, ou George, Ringo não, chamava o helicóptero por ele pilotado de Dumbo, que todo mundo acha que é um elefante, mas é um desenho criado nos anos quarenta com aquela velha ideia dos desenhos animados de fazer pensar nas diferenças, porque o Dumbo tinha umas orelhas deformadas, ou portava necessidades especiais, segundo o português corrente, mas o soldado John, ou Paul, ou George, Ringo não, pilotava um helicóptero por ele batizado de Dumbo porque as duas coisas voavam, só por isso, quer dizer que o helicóptero poderia se chamar também Avião, ou Helicóptero mesmo, que são coisas que voam, desde que ligadas, ou até mesmo Papel no Vento poderia ser o nome do helicóptero, mas aí John, ou Paul, ou George, Ringo não, deveria ter alguma vocação poética para chamar um helicóptero de Papel no Vento e, convenhamos, ele não tinha nenhuma, senão estaria na Califórnia dizendo Peace and love com Emília, por que não, Emília, filha de brasileiros emigrados que leram Monteiro Lobato na infância, nos tempos em que as infâncias eram nos anos trinta, e batizaram a filha, sua bonequinha, de Emília, por essas coisas de casais, mas John, ou Paul, ou George, Ringo não, não estava na Califórnia. Pilotava o Dumbo sobre o Vietnã e o mais importante: poderia existir essa tal Emília lá na Califórnia, a trocentos quilômetros do helicóptero e do elefante, e, se estivéssemos piegas, ela surgira na história através das cartas enviadas para seu distante e aguerrido noivo, "Querido John, ou Paul, ou George, Ringo não", e ele leria choroso as cartas, talvez pilotando o seu Dumbo e, distraído pelas lágrimas, o bravo e estúpido soldado, choroso e saudoso e ainda por cima lacrimoso, perderia o controle do Dumbo e cairia sobre a mata, em meio a uma manada de elefantes, num final trágico e sem graça. E a história acabaria aqui. Portanto sem cartas, sem lágrimas, sem tragédias (se é que é possível haver guerra sem tragédia). A história é apenas John, ou Paul, ou George, Ringo não conversando com Dumbo, perguntando para Dumbo quantos chineses eles vão explodir hoje, chineses porque vietnamitas ou vietcongues é um troço complicado de falar e o preconceito é fácil, fácil de dizer, portanto, um diálogo de John, ou Paul, ou George, Ringo não com Dumbo:

— Quantos chinas vamos explodir hoje, Dumbo?

—

— É, é isso cara, muitos chinas.

—

— Dumbo, tu é o cara.

—

— Então vamos bater essas orelhas e explodir chinas?

—

— Dumbo, tu é muito louco, tu tem três orelhas, e elas giram.

—

E então John, ou Paul, ou George, Ringo não entra em Dumbo sem ordem de ninguém porque sujeitos que conversam com helicópteros e os chamam de Dumbo não têm mais necessidade de ordem, aliás, desconhecem ordem e, no caso de John, ou Paul, ou George, Ringo não desconhecem muitas outras palavras, porque seu vocabulário é bastante restrito, porém pelos céus do Vietnã, sem ordem e sem documento — para que documento, estamos em uma guerra —, o bravo e estúpido soldado flana aereamente (em mais de um sentido) caçando chinas que ele não encontrará, e os vietnamitas que moravam e moram ainda no Vietnã eram e talvez ainda sejam bravos guerreiros que se escondiam em túneis apertadíssimos por baixo da terra, entretanto os vietcongues, a.k.a chinas, segundo John, ou Paul, ou George, Ringo não estão muito bem escondidinhos caçando não chinas, mas ianques imbecis que saem voando com o Dumbo sem ordem e sem saber que os vietcongues, palavra difícil, têm morteiros, que é uma palavra difícil de ser enfrentada quando se é o alvo do morteiro; John, ou Paul, ou George, Ringo não que o diga, saindo dos destroços (ou cadáver) de Dumbo, mas não dirá, porque ensanguentado e com dor e, mais do que isso, triste, porque soldados, pasmem, também têm coração, e ele vê que Dumbo não sobreviveu à queda, e Dumbo era o único amigo, o único que conversava com ele, e ele chega a pensar se está no céu dos elefantes, porque Dumbo morreu e há na sua volta outros elefantes, de orelhas menores e sem bombas acopladas ao redor, mas não é tempo de pensar (e essa nem é a especialidade de John, ou Paul, ou George, Ringo não), é tempo de, entrincheirado entre elefantes, esconder-se de chinas e vietcongues e engatilhar Emília, sim, ei-la, Emília, todos sabem que os soldados batizam suas armas, são como guitarras para músicos e, pelo amor de deus, Humberto Gessinger, não me venha dizer que sempre com a mesma nota ra-ta-ta-tá, porque, na verdade, armas para caras como John, ou Paul, ou George, Ringo não também são como brinquedos ou bonecas, portanto, Emília, que nome danado de esperto para se botar numa metralhadora semiautomática, nova única companhia e, eu diria, eterna companhia de John, ou Paul, ou George, Ringo não, esse destemido soldado norte-americano, dado como morto pelo exército e pela família e por todos, mais uma vítima a alimentar os discursos hippies e a provocar também aquela cena de outros helicópteros retirando ianques e mais ianques do Vietnã, porque muitos John, ou Paul, ou George e até Ringo também andavam com essa mania idiota de morrer e desaparecer em combate, mas deixa eu te contar um segredo: se fosse por John, ou Paul, ou George,

Ringo não, não seria necessário bater em retirada, nem acabar a guerra, nem nada, porque graças a Dumbo ele vive — se é que isso é viver —, desde o século passado movimenta-se como um vietcongue pelas matas vietnamitas, disparando balas de vento, que é o que restou no ventre mecânico e metálico e semiautomático de Emília, numa guerra imaginária, como são todas, por mais reais que sejam, em busca do corpo de Dumbo, para dar um enterro digno a Dumbo, seu único amigo, Dumbo, onde andará o corpo de Dumbo, mas isso é uma outra história, que envolve metralhadoras (sem munição), macacos (eventual alimento) e John, ou Paul, ou George, Ringo não e já não ouço mais nada no céu.

No céu
nunca
chove

A prôfi fez uma careta.

A mãe brigou com o pai.

A vó me deu um beijo e uma roupa branca que eu nunca usei.

Foi assim:

A prôfi pediu na aula pra gente dizer que que queria ser quando fosse grande. Eu já sabia e fui a primeira a levantar o dedo:

— Santa, prôfi.

Ela começou dizendo que era bonitinho e aí foi até engraçado, porque ela foi chamar o Pedro Luís,

que também tinha levantado a mão, e ela disse:
— Pedro... SANTA? Mariazinha? Santa?

Meu nome não é Mariazinha. Eu sou Maria da Paz. Nome de hippie. Que eu não sei o que é, mas ouvi uma vez o pai do Marcelo dizendo pra mãe do Marcelo quando eles perguntaram qual era o meu nome e eu disse e depois ele falou que era de hippie. Mas a prôfi ficou um tempão me perguntando por que é que eu queria ser santa. Porque sim, ué. Minha vó vive falando de santa e de santo. Tem cada um. A vó falou uma vez da Santa Rita de Cássia, que antes de ser santa era uma moça e queria muito ir morar com umas freiras pra ser freira também, mas aí não queriam deixar, porque ela não era mais pura, eu não entendi bem o que a vó quis dizer, mas ela falou que não importava, que eu era pura, uma criaturinha linda de Deus, não precisava me preocupar e que importante mesmo foi o milagre da Santa Rita, que ela tinha muita fé e daí um dia ela quis tanto, tanto, tanto, que foi transportada da casa dela pra casa das freiras e todo mundo disse que era milagre e aí aceitaram ela lá e não falaram mais que ela não era pura. Eu queria também ir assim dum lugar pro outro. Sair da aula na hora das tarefas chatonas e ir pra sala de casa tomar nescau e ver desenho e claro que eu não falei isso pra prôfi, ia até — não falar do nescau, só da Santa Rita —, mas tava todo mundo rindo de mim, até o Joca, e eu não consigo falar quando os outros tão rindo de mim. Quando eu faço traquinagem, que nem meu pai diz, se riem, daí eu faço mais, porque daí quero ser engraçada, mas não era traquinagem e tavam rindo.

Aí eu cheguei a achar que mãe deve ser tudo meio santa. Ou mágica. Elas sabem tudo, mesmo sem a gente contar. A mãe falou assim um dia na mesa:

— Mariazinha, é verdade que — e a minha mãe tem dessas coisas, as perguntas dela demoram um montão, ela não pergunta de uma vez, diz um monte de coisa que eu não entendo, outras entendo, mas tem várias que não, e aí parece que ela esqueceu que ia perguntar e que mudou de assunto, eu paro de dar bola e começo a brincar de fazer jardinzinho de comida no prato, tomo um gole de suco, e daí quando eu vejo: — tu quer ser santa?

Mas eu só tinha contado na escolinha e pra Valéria do 402. Como é que a mãe sabia? Se não era milagre, era mágica. Só que aí achei que eu ia ter que fazer milagre. O pai começou a tossir, engasgou, achei que ele tava mal, mas antes do meu milagre ele ficou bom. Sorte, porque não sei se eu sabia milagrar. Falei que sim pra mãe, queria ser santa, morar no céu, em cima duma nuvem, só tem sol lá, nunca chove, daí sempre dá pra ir brincar na rua, fazer milagre de sarar os machucados só pedindo pra Jesus sem botar remédio que arde. De verdade, tudo, tudo isso eu só pensei, falar só deu pra falar que sim, porque a mãe e o pai começaram a perguntar:

— Mesmo?

— Como?

— Por quê?

— Da onde santa é profissão, meu Deus?

— Isso é coisa da tua mãe, Arnaldo.

Ah, agora a culpa é minha.

Eu não falei isso. Mas botou minha mãe no meio.

Ela vem sempre com essas carolices. Ela acredita, pô.

Nem parece o Arnaldo que saiu da casa da mãe. Vai começar?

Como assim, começar? Os anos 70 acabaram, Doralice.

É, e Maria da Paz virou nome de santa, né? Oi?

Perdeu a simbologia que a gente... Símbolo, Dora, ora...

O pai e a mãe foram discutindo pro quarto, e eu fui ver tevê e não escovei os dentes.

Veio a vó uns dias depois. Entrou chorando no quarto, me assustou, me deu beijo, me deu abraço, me deu até presente. Nem dia da criança era. Saco é que vó sempre dá roupa, um vestidão branco estranho que eu nunca usei. E é difícil entender o que a vó fala, minha mãe diz que é por causa da chapa, mas não diz o que é a chapa. Fico pensando se é a chapa que o médico tirou quando eu quebrei o braço. Também já ouvi falar de bife na chapa. Não sei. Mas naquela hora lembrei que a vó uma vez já tinha contado dum santo, que eu não entendi o nome, que curou um mudo. Enquanto ela me beijava, chorava e dizia umas coisas que não dava pra entender, eu pensava Se eu for santa, posso fazer a vó falar direito. Não sei se cheguei a fazer milagre, mas a vó achou que foi. Ouvi direitinho:

— Então a minha netinha quer ser santinha da vovó?

— É.

(E aí foi o que eu falei:)

— Milagre! Milagre! Santa Maria da Paz, uma santa pra acabar com o desgosto dessa família sem fé! Milagre, tenho que chamar o Padre Conceição pra presenciar! Tenho que te levar na missa, santinha.

— Nananinanão.

— Hein?

Ah, é: a mãe tinha acabado de chegar do trabalho e tava na porta do meu quarto, olhando pra vó que nem se fosse mandar ela pro quarto. Mas já tava todo mundo no quarto. Então ela falou o que ela sempre diz quando a gente quer fazer um troço legal:

— Nananinanão.

— Hein?

— Já falei que não tem essa história de levar filha minha pra igreja. Ela vai quando quiser, se quiser.

— Mas é uma menina, Doralice, a gente tem que mostrar pra ela o caminho da fé. E ela quer ser santa, minha neta quer ser santa, eu conheço um colégio de freiras e

— Dona Úrsula, a senhora não me escutou?

— Ai, Jesus, ilumina esta casa, minha neta quer ser santa e sequer foi batizada! É uma mártir do evangelho e

— Mártir sou eu!

Batizado me lembrou o São João Batista, que a vó contou uma vez a história dele. Parece que era parente de Jesus e tudo. E que se eu fosse batizada um dia — e a vó jurou por um monte de santo que eu ia — daí eu ia ser irmã de Jesus. Estranho, porque pra mim irmão é filho da mãe e do pai da gente. E primo é filho do tio e da tia. Que são os irmãos do pai ou da mãe. Sabe como é que é vô do pai? É bisavô. E se for vô do vô, aí é ta-ta-ra-vô. Acho engraçado ta-ta--ra-vô. E eu tava rindo do tataravô quando vi que meu pai também já tava no quarto dizendo Calma, mãe, não chora, mas aí quando ele tava falando mãe era pra minha vó, não pra minha mãe, que quando meu pai chama alguém de mãe, é a mãe dele, a vó, e se ele tivesse pedindo calma pra minha mãe, esposa dele, não ia adiantar mesmo, porque a minha não parava de falar. E aí o pai abraçou a vó, puxou a mão da minha mãe e disse que era melhor a gente ir pra sala. Eu não achava a melhor ideia, preferia ficar no quarto, podia desenhar, brincar, mas na sala eu podia ver tevê, só que aí eu tava saindo do quarto e minha mãe olhou pra trás e parou de gritar com a vó e o pai. Ela olhou pra mim:

— Mariazinha, volta pro quarto.

E eu ia perguntar se o pai não tinha dito que era melhor a gente ir pra sala, mas ela já tava virada pra frente e dizendo E tem mais Arnaldo, e eu parei de ouvir porque ela fechou a porta da sala e eu sei que ficar ouvindo atrás da porta é feio, que nem aquela vez que eu ouvi o pai e a mãe brigando por causa do cartão de crédito e do Que é isso na fatura, e aí eles abriram a porta e eu fiquei de castigo. Mas nesse dia da vó eu não fiquei de castigo. Mas foi parecido. Porque eu fui pro quarto e fiquei sozinha contando pra Michele e pro senhor Batata o que tava acontecendo.

Sabia que santo não ganha salário? E que, no mundo em que nós — eu e a minha mãe — vivemos, não dá pra viver sem salário? E que santo não faz faculdade? E que faculdade é um colégio desse tamanhão onde a gente aprende a ser médico, professora e um monte de coisa? E que eu acho que eu quero fazer? Foi o que eu disse pra mãe ontem:

— Então, minha linda, tu não quer fazer faculdade, aprender um monte de coisa nova?

— Acho que quero, mãe.

— Mas não quer viver trancada num convento e

— Mãe, eu não sei o que é convento. Existe convento e sem vento?

— Não, filha, olha é que

— Mas, mãe?

— Hm?

— Pra que mesmo que a gente ganha salário?

— Ah, é fundamental, é pra comprar coisas importantes como comida e roupa e

— Mãe. Sabia que Jesus fez multiplicação de peixe? E de pão? Multiplicação é pegar uma coisa e transformar em um montão, sabia? Será que multiplicação de peixe é igual multiplicação de carne e massa e batatinha e bolachinha Passatempo? E se eu aprender daí não precisa salário?

Não sei o que que aconteceu. A mãe ficou com cara de que eu não arrumei o quarto, e eu tava pronta pra escutar res-pon-sa-bi-li-da-de, que ela deixa eu fazer tudo no meu quarto, porque a gente tem um a-cor-do, que liberdade e responsabilidade andam juntas, e eu quase nunca lembro o que vem depois, porque começo a pensar na responsabilidade e na liberdade andando juntas no parquinho do prédio, que nem eu e a Valéria. Também já pensei que se eu tivesse duas cachorrinhas que nem meu primo Inácio, que mora numa casa e daí pode ter, que eu podia chamar elas de Responsabilidade e Liberdade, mas a mãe não falou nada disso, ou não ouvi, de repente se eu fosse que nem o Santo Antônio de Pádua, que uma vez teve em dois lugares ao mesmo tempo — no lugar onde ele morava e na missa que ele esqueceu que tinha que rezar —, se fosse santa assim, quem sabe eu tivesse escutado a mãe e também tivesse pensado na liberdade e na responsabilidade ao mesmo tempo, mas só reparei quando ela falou sei lá com quem:

— Tá difícil.

E depois comigo:

— Filha, depois a gente continua, vou falar com teu pai: AR-NAL-DÔ.

Aí ontem eu aprendi uma palavra nova, que acho que é psicólogo, mas acho que não tem a ver com piscina. É que eu ouvi mais ou menos. A mãe falou pro pai, mas não entendi direito, porque tava vendo tevê. Que eles fazem isso, sentam na mesa de jantar e ficam falando meio baixinho e me olham, e eu finjo que não vejo, mas eu escuto umas coisas, eles falando Psicólogo e a mãe dizendo que vão ter que me levar num psicólogo, no verão me levam na piscina, mas não falam baixinho sobre piscina. E aí o pai perguntou, Será que é pra tanto, e me olhou, e eu virei a cara pra tevê bem na hora e com o rabo do olho — que nem o pai diz que vê quando não tá olhando mas diz que me vê andando na bíci e pulando corda e dando estrelinha — eu vi que eles levantaram e foram pra cozinha. Ainda ouvi a mãe dizer que Talvez todos nós devêssemos ir juntos ao psicólogo, daí não ouvi mais, nem com o rabo do ouvido. Aí primeiro eu cheguei a achar que psicólogo era ruim, que nem dentista. Porque é sempre assim: a gente tem que levar a Mariazinha no dentista; a gente tem que levar a Mariazinha no médico; a gente tem que levar a Mariazinha na vacina. É sempre ruim e eles nunca têm que ir. Só eu vou no dentista e no médico e na vacina. Mas a mãe falou que Talvez todos nós devêssemos ir. Aí fiquei pensando: a gente tem que ir em aniversário da tia, aniversário da vó, é quase sempre aniversário que a gente tem que ir junto. Fiquei pensando mesmo que eu tenho que perguntar o que é psicólogo.

Mas aí mãe é engraçado. Ela ficava braba quando eu falava de milagre e santa, e brigava com a vó, o pai e me deixava sozinha quando a vó me chamava de santinha e depois ficou me explicando que santo não ganha salário, que quem ajuda mesmo as pessoas são as professoras, as médicas, as advogadas, mas aí ontem eu vi na tevê um filme muito espetacular que chama ET e é bem legal e tem o ET e o Eliot e os amigos e eles voam de bíci e hoje fui até falar pra mãe que o ET é muito show, faz as coisas voarem, acende luz no dedo, cura as flores que nem santo, só que ele estica o pescoço e anda de nave espacial e eu até disse assim:

— E mãe, não sei mais se eu quero ser santa ou ET. ET ganha salário?

Daí falei isso pra mãe hoje no café da manhã e ela riu e disse que meu pai precisava ouvir essa e eu perguntei Essa qual, e ela me deu um beijo na testa e foi pra cozinha rindo sem falar nada. Não se deu conta, mas fui atrás, e a porta não tava fechada, e eu sei que feio é ouvir atrás da porta fechada, é coisa de fuxiqueiro, mas a porta tava bem aberta e eu espiei. E não tinha faltado luz nem nada, era de dia, agora de manhã, mas a mãe foi lá na área de serviço e acendeu uma vela e começou a falar bem baixinho, tipo a vó, não dava pra entender quase nada, mas acho que escutei ela falar Milagre.

Experiência nº12

Pega a régua, posiciona sobre a boca, tapando os lábios. O limite superior da régua e o limite superior do lábio em paralelo. Sim, proporção exata, sorriu por debaixo do instrumento. Agora, o lado direito: o marco do centímetro zero tocando na borda da narina, os centímetros crescendo para baixo, a respiração embaçando o acrílico semitransparente e com a ponta do polegar ele marca o exato milímetro onde o lado do bigodinho forma o ângulo reto com a base desse quadradinho de pelos. Poderia deixar assim, está ótimo, ninguém notaria alguma imprecisão, não está se preparando para entrar no Madame Tussauds, mas leva a régua para o lado esquerdo, centímetro zero contra o limite da narina e, opa, contrai os lábios como se os pelos fossem um pelotão mal treinado, fora de posição. Régua vai para a mão esquerda, pega a navalha com a direita, vai aparar o desgarrado, não, não é esse o gesto, deixa a lâmina sobre o balcão da pia, pega uma pinça, extirpar, eliminar aquele que tira a simetria do conjunto. Ataca o fio, agarra o fio, talvez veja na pouca elasticidade do fio a demonstração de que ele podia ser ainda pior para a harmonia do conjunto, mas fim de resistência: observa a ponta esbranquiçada do pelo, o mal arrancado pela raiz, ou até a raiz, joga-o na pia, abre a torneira e deixa a água levá-lo junto com todos os outros descartados. Observa-se no espelho. A régua é agora apenas uma praxe, o quadrilátero só não será perfeito porque ele sabe que o outro bigode, o seu outro espelho, aquele da foto colada na lateral desse no qual ele ainda se observa, a foto que ele passa a olhar, esse outro bigodinho costumava ter dois por cento de diferença entre os lados direito e esquerdo. Como o dele.

Se é que isso é possível, encara o porteiro do prédio com o canto do olho, não virará o rosto na direção dele, que não diz bom dia, não comenta o tempo, apenas acompanha com os olhos e a embasbaquidão a passagem dele, bigode alinhado, farda alinhada, gravata alinhada, passada alinhada, quepe alinhado, sorriso querendo desalinhar todo o conjunto depois deste primeiro sucesso. Mas ele não permitirá. Contrai o maxilar, abre a porta e deixa o edifício. E volta. Caminha até o porteiro, olhando para o porteiro que, teimoso, agora quer desviar os olhos, evita encarar.

— Seu Ronei.

O porteiro parece prestes a dizer que não conhece Ronei nenhum.

— Seu Ronei, tudo bem com o senhor?

— É. Oi, seu Fagundes. Desculpa, não reconheci o senhor com o cabelo novo.

— Ah, o cabelo novo. Pois é.

— Pois é.

— Seu Ronei, quando chegar o jornal de domingo, o senhor pode, por favor, levar junto a minha correspondência? Esqueci de pegar.

— Claro, seu

— Obrigado.

Agora sim. Pode até sorrir curto ao agradecer.

Na Osvaldo Aranha, pelo menos três pessoas apontaram; na Barros Cassal, ouviu uma buzina e um Vai te foder, nazista; esperando para atravessar a José Otão, percebeu que uma menina de o quê, quatro, cinco anos, distraiu-se do algodão doce e olhou e sorriu e seguiu olhando até tomar um puxão da mãe, que ou lembrou que tinha esquecido algo em casa e saiu arrastando a menina que ainda olhava para trás, ou desistiu de atravessar a rua com ele.

Dobra a esquina da Independência e marcha avenida acima como quem conquista Paris. Nenhuma reação especial, só olhares explicitamente discretos. Chega na parada de ônibus e dá um cumprimento de cabeça para a senhora. Não recebe cumprimento de volta, e ela passa a esperar um hipotético ônibus que venha na contramão, olhando para o alto da avenida no sentido contrário ao tráfego. Mas isso é comum em Porto Alegre. Ele olha o horizonte, carros, algumas pessoas caminhando, um ônibus desponta, 510 — Auxiliadora, serve, ergue o braço para o coletivo e vê um braço surgir de um Palio que passa. Esperava um dedo médio, mas parece escutar Heil, Hitler. O ônibus para. Sobe os degraus, cumprimenta o motorista com a cabeça, o homem nem olha para ele, só para frente, como se estivesse esperando o disparo para iniciar a corrida. Na roleta, olha firme a cobradora, que baixou o Diário Gaúcho e devolveu o olhar e só depois pareceu pensar no que estava olhando, como se tivesse um déjà-vu ou visse o pai já falecido; efeito conquistado, quando ela ameaça dizer algo, ele mete a mão no bolso interno da farda. Ela se retesa, corpo colado no encosto da cadeira, busca ajuda olhando para o motorista, os passageiros no fundo, alguém. Ele saca do casaco um cartão TRI, encosta no sensor e passa a roleta. Na última linha de assentos, uma senhora digita no celular. Em pé, junto à porta, uma adolescente o encara e desvia o olhar agora que ele retribui. Nos bancos na metade do veículo, dois garotos, ambos de jaqueta de couro e camiseta preta, olham e cochicham. Cochicham e olham. Olham e cochicham. Ele para em pé, próximo à garota e à porta, braço direito esticado para segurar na barra presa ao teto. Equilibrando-se na descida da Mostardeiro, puxa a cordinha. Confere o luminoso PARADA SOLICITADA, mas vira o rosto para trás: os dois garotos levantaram e, entre cochichos, aproximam-se. Tenta fixar os olhos na porta, mas não resiste a conferir a aproximação da dupla. A porta abre. Desce os degraus. Os garotos também. Dirige-se ao semáforo. Os garotos também. Faz a travessia da Goethe com os garotos no seu encalço. Quando pisa no chão batido do Parcão, uma mão toca o seu ombro. É agora, vira-se.

— Tio, tá rolando alguma coisa hoje no Parcão?

Com um movimento de cabeça, diz Que porra o quê?

— Tipo, comida de rua, festa à fantasia, manifestação, festival de cosplay — o guri fala olhando uma medalha ao dizer comida; a suástica ao dizer de rua; a cruz no peito ao dizer festa; o cinto sobre o casacão ao dizer à fantasia; talvez o bigode ao dizer manifestação; para baixo ao terminar de falar cosplay.

Ele dá de ombros para o guri, talvez fosse bom mesmo ter um evento destes. Olha ao redor e grupos de corrida, cachorros e seus donos, carros ao fundo, nada de mais. Olha de volta para a dupla e sai. Escuta ainda um Beleza ao dar as costas.

Claro que percebia um burburinho, um ciclista quase caiu ao cruzar com ele, uma velha levou a mão à boca e fez o sinal da cruz, uma turma sentada na grama parou o violão e o piquenique para olhar e rir dele. Mas e daí? Morde o churros, cuidando para o açúcar não sujar a farda. Atenção que o distraiu do bigode. Rasga um pedaço do guardanapo e, tateando os pelos sobre a boca, tenta tirar o doce de leite da ponta dos fios. Não pega bem. Passa o dedo indicador verificando se ainda está melecado, bota a língua para fora na tentativa de fazer uma limpeza final, mas interrompe a operação ao ouvir E aí, cidadão. Olha os tênis de corrida ou caminhada tingidos de saibro, as meias brancas esticada até a metade da canela, alguns fios brancos perdidos nas pernas gordas - mas fortes -, o calção azul da Nike, a camiseta dry fit cobrindo a barriga já bem crescida, sobre ela os dizeres *Parcão Runners*, outros pelos escapando pela gola e pelas alças da camiseta e, enfim, termina a escalada ocular no queixo com covinha, nas bochechas de churrasco e uísque caro, na barba tão bem feita quanto a sua, na calva com cabelos brancos nas laterais e nos olhos azuis: nos seus.

— E, aí, cidadão — mãos na cintura, o sujeito, bedel do parque, repete. Ele segue olhando o homem, esperando que a fala chegue a algum sentido —, vai ficar me olhando com essa cara de tacho nessa roupa ridícula? Tá pensando o quê?

Ele dá de ombros, mas foi como se desse um soco. Leva o churros até a boca e tem o movimento interrompido por um chute nos seus pés que levanta poeira marrom até quase a altura das suas vistas.

— Tô falando contigo, ô mau caráter. Filho da puta não tem educação? Te levanta.

É provável que não tenha sido pela ordem, mas para tirar o churros ou a farda impecável da poeira que ele ergue-se como quem vai bater continência e descobre o pouco espaço que o outro deixou para ele entre a barriga e o banco. O umbigo do sujeito, marcado na camiseta, encostando no botão da farda. A tábua do assento pressiona a parte posterior da coxa.

— Então, diz alguma coisa, que palhaçada é essa, tem família aqui, gente de bem, que que é isso agora, hein?

Os perdigotos o fizeram piscar, mas nem deu muita atenção ao chuvisco salivar. Os apupos ao redor, a plateia ou arena ou as duas coisas que se formou à volta, circundando ele, o cara e o banco são ímã para os olhos. Filho da puta louco quem é tunda veado fascista refri água cerveja animal vambora daqui mostra pra ele no cu foram algumas das palavras distinguíveis até ver o churros voar com o tapão dado na iguaria pelo sujeito. Uma criança grita, atingida pelo projétil. O pai protesta. O homem de camiseta de corrida diz algo entre desculpa e não te mete, e ele tenta achar espaço para suas mãos entre o peito do cara e o seu para bater o açúcar que ameaça derreter e grudar na lapela, na camisa, por tudo, mas quase cai sentado com o empurrão que leva.

— Vai empurrar? Te empurro pra fora daqui, nazista de merda.

Foi a senha. Tenta sair, mas o sujeito o segura pelo braço, a torcida cresce; tenta se livrar da mãozarrona com um movimento brusco, mas o quepe cai, a franja desalinha, alguém grita que só matando e o previsível soco vem imprevisível por trás junto do ouvido direito, o zunido nas sinapses não deve ter permitido que ele ouvisse Lincha ou Bicha, seja o que for, só sente outro soco, o corpo contra o solo, as pedrinhas e a areia na bochecha, o pé na barriga, algo nas costelas e devia estar esperando uma paulada definitiva quando fica só a dor e a zonzeira. Uma, duas, três, quatro, cinco vezes, puxa o ar e devolve. Abre os olhos: carecas parrudos, alguns de calças camufladas, trocam socos e chutes e golpes por batizar com os exaltados frequentadores do parque. Ele, como num exercício militar, arrasta-se para baixo do banco. Entrincheirado assiste mais um pouco do vale-tudo. Parece ser uma sirene o que ele ouve ainda longe. Não é hora de descobrir se incêndio, acidente de trânsito ou se o som já um pouco mais perto é polícia mesmo. Arrasta-se para o outro lado do banco e corre. Mete-se no arremedo de mato, uns arbustos e árvores que vai atravessando de qualquer jeito, descendo o pequeno declive até chegar na calçada da

Goethe. Olha para o interior do parque, o barranco que acabou de descer; carros zunem às suas costas. Esquerda, direita? Direita: segue a jornada em direção à Vinte e Quatro de Outubro.

Recebe o troco do motorista do lotação e desce do transporte. Ajeita o nó da gravata e tenta dar sentido à palavra empertigar. Como se não tivesse sido uma pré-vítima de linchamento, ignora os olhares da senhora gorda com sacolas, do rapaz com calças de fundilho nos joelho e boné de aba reta, do casal que parou a discussão, e vai entrando na C&A. Calças de moletom a 19,90 no alto-falante, uma atendente ajeitando cabides, ele pega uma camisa xadrez sem escolher e dirige-se aos provadores. Mostra a peça de vestuário, mas a atendente avalia quem vai vestir a peça. Ele balança a camisa. Ela olha a camisa.

— Só uma peça, senhor?

Faz que sim com a cabeça.

O cabide com a camisa está pendurado na lateral da cabine. Ele olha no espelho de corpo inteiro. Um sobrevivente de guerra? Endireita o cinto que estava fora do lugar, bate, bate, bate com as mãos nos joelhos, tirando o que dá para tirar de poeira, lamenta um tsc com a língua estalada ao ver um rasgo no tecido caqui. Varre o peito, os ombros com as mãos. Molha o indicador na boca e com a saliva tenta apagar uma mancha de sangue no ombro esquerdo. De novo. Aproxima o ombro do espelho, esfrega o dedo com força. Dissolve alguma coisa.

Quase nada. Passos para trás. Tira o quepe. Com a mão direita, alisa e gruda bem a franja para o lado esquerdo da testa. Quepe de volta, passa a tratar com saliva os ferimentos do rosto.

A atendente dos provadores não está mais no seu posto. No seu lugar, dois brigadianos. Olham para ele. Seguem olhando para ele, que retribui e aproxima-se. Move o braço um ou dois centímetros, quase entregando a camisa e a plaqueta para os oficiais. Não era o caso.

— Senhor, o que o senhor está fazendo?

Olha para a esquerda e para a direita, pergunta com os olhos Eu? ou O quê?

— Senhor, o senhor pode colocar as mãos na parede?

Faz que sim com a cabeça, dá as costas aos policiais militares e apoia as mãos na primeira parede livre que encontra. Mão no seu tórax, na cintura, batendo, de certo modo espanando um pouco mais o pó. Mãos que param na altura da cintura.

— Abra o casaco lentamente, senhor — um policial fala, o outro aponta uma arma para ele, que desafivela o cinto, abre o casaco, botão por botão, deixa à vista dos dois homens e da multidão que se aglomera a gravata, a camisa, o coldre na cintura. O brigadiano que não aponta a arma para ele se aproxima e retira a pistola preta do coldre. Ele não reage.

— O senhor tem porte e permissão?

Ele olha para o teto da loja, como se tivesse ouvido a pergunta mais estúpida do mundo, o policial repete a indagação, sob a ameaça de levá-lo preso. Ele quase mexe os ombros para dizer que não sabe, mas então abre a boca:

— É uma réplica. Não atira.

O brigadiano mexe no gatilho rígido da imitação de pistola, tenta sacar o cartucho, não há cartucho, nem como sacar. Balança o objeto, sentindo o peso. Olha para ele, olha para o colega policial pedindo ajuda. O outro policial, que ainda não baixou a arma, diz:

— Vamos levar. O senhor vem com a gente para a delegacia.

— Por quê? — ele diz com as duas mãos para o alto.

Os dois policiais se olham, o da arma diz:

— Distúrbio da ordem e apologia.

— O quê?

— E é melhor ficar quieto.

Um policial já o conduz pelo braço, o outro abre caminho pela multidão que vaia, ri, xinga, tira fotos.

Sai da delegacia vestindo uma capa de chuva preta. Não usa o quepe. Só um mendigo na rua. Ele caminha sob a luz amarelada dos postes. Na esquina, olha para trás, ninguém na porta da delegacia. Tira a capa de chuva. A camisa caqui, a calça caqui, a gravata, os coturnos seguem com ele. Caminha pelo centro de Porto Alegre. Na Bento Martins, passa por dois sentinelas em frente ao quartel. Um bate continência. Ele responde ao gesto, segue o passo, enquanto ouve:

— Tá louco, imbecil?

— Que foi, meu?

— Bater continência para aquele

— Não era um superior?

— Não, era um

Ele dobra a esquina, vê um ponto de táxi. Pega um relógio de bolso, vê as horas. Faz que sim com a cabeça. Vai até o ponto de táxi.

No banheiro, tira a camisa. Desafivela o cinto, tira as calças, as cuecas. Olha-se no espelho, hematomas no peito, nas costelas, alguns esfolados. Alisa a franja num cacoete recém-adquirido. Abre a torneira de água quente na pia, enche as mãos e esfrega o rosto. Pega a navalha e raspa o bigode quadrilátero. Larga a navalha e vê a sobra de pelos, um buço. Raspa mais uma vez. Solta a navalha e abre o armário do espelho. Retira uma tesoura e uma máquina de cortar cabelos. Com a mão esquerda, ergue a franja. Com a direita, leva a tesoura até o cabelo. Corta.

Síndrome de Amnésia Induzida (SAI)

Síndrome de Amnésia Induzida (SAI)

A **Síndrome de Amnésia Induzida** (SAI, normalmente em Portugal; ou IAS, mais comum no Brasil) é uma doença do sistema nervoso humano causada pelo Vírus da Amnésia Induzida (IAV). Esta enfermidade reduz progressivamente a memória e as atividades nervosas dos infectados, provocando inicialmente a perda da memória, chegando ao estado vegetativo irreversível. O IAV é transmitido através do contato direto de uma membrana mucosa (ou da corrente sanguínea) com um fluido corporal que contêm o IAV, tais como sangue, sêmen, secreção vaginal, fluido pré-seminal e leite materno, assim como transmite-se pelas redes de neurocomunicação via dispositivos físicos ou chips implantados.

A SAI hoje é considerada uma pandemia. Em 2087, estimava-se que, em todo o mundo, 133,2 milhões de pessoas viviam em estado vegetativo em razão da doença e que a SAI tenha matado cerca de 56 milhões de pessoas. *[fonte carece de verificação]*

Embora os tratamentos para a SAI e IAV possam retardar o avanço do processo vegetativo, não há atualmente nenhuma cura ou vacina. Empresas de tecnologia, como Monsantotech, Avira, Xiaomi-Bayern e Kalka Sooraj, em parceria com a Organização Mundial da Saúde, promovem pesquisas em busca de um biosoftware capaz de imunizar humanos. Os primeiros resultados são previstos para 2095. O sexo seguro, o não compartilhamento de seringas e a troca de informações off-line ainda são os métodos mais eficientes de prevenção.

[editar]

Ver também: IAV

História e origem

Os primeiros casos comprovados da SAI datam do ano de 2083, embora autoridades médicas afirmem que muitos relatos de Mal de Parkinson Precoce e Esclerose Juvenil possam ter sido erroneamente diagnosticados, tratando-se de pacientes infectados com o vírus AIV. *[carece de fontes]*

O IAV descende do Vírus Rock and Roll Baby (VRRB) *[carece de fontes]*, que infecta dispositivos de processamento de dados e comunicação móveis (hiperphones, neurochips e iGlass em especial) e trata-se da primeira ocorrência de transmutação de um vírus digital para um organismo humano. A SAI foi primeiramente relatada pelo médico norteamericano Kalad Al Ahmdinejad em 5 de junho de 2083, que, percebendo a semelhança da destruição do sistema nervoso humano com a ação de vírus digitais, comprovou em laboratório a possibilidade de tal transmissão e transmutação. Há evidências de que seres humanos que participavam de atividades eletrodigitais em rede foram os primeiros infectados, assim como não há registros de casos na Coreia do Norte (desde 2014, único país do mundo sem acesso à Internet). No entanto, as primeiras infecções não provocaram maior alarme na comunidade internacional por ainda não ser comprovada, naquela época, a sua transmissão de humano para humano.

A primeira infecção homem/homem teria sido registrada na Austrália em 2084, quando um homem com os primeiros sintomas da doença teria esquecido de levar preservativos para um clube de troca de casais e teria infectado dezenas de pessoas. *[necessita mais fontes]* Entretanto, no mesmo período, há relatos de crescimento exponencial dos casos em outros países. *[necessita mais fontes]*

Ainda não há literatura médica que explique como o VRRB se adaptou ao organismo humano, convertendo-se em AIV, tampouco como passou da transmissão digital para a orgânica.

A teoria mais controversa sugere que o VRRB foi, inadvertida e intencionalmente, disparado pelo Serviço Secreto Argentino durante a 3ª Guerra das Malvinas (3 rd Falkland War para o 2º Império Britânico), na década de 70 deste século, na tentativa de mudar a opinião dos habitantes das Ilhas Malvinas (Falkland Islands para o 2º Império Britânico) e dos soldados britânicos, formatando suas memórias orgânicas. *[fonte não confiável]*

Progressão e sintomas

[editar]

A manifestação inicial da SAI, presente em 50% a 70% dos casos, é semelhante aos sintomas relacionados com estresse e estafa, por exemplo, pequenos esquecimentos. Descoordenação motora (tropeções, choques involuntários, falta de firmeza para agarrar objetos, entre outros) e descontrole da salivação quando acordado são sintomas geralmente tardiamente percebidos e que não devem ser negligenciados. Eventos como incontinência urinária ou das fezes, falta de ar e lapsos como esquecer de fazer refeições, especialmente em indivíduos jovens (menos de 55 anos), são considerados sintomas avançados. Em todos os casos, a recomendação é procurar um especialista.

Diagnóstico

[editar]

O diagnóstico de SAI em uma pessoa infectada com o IAV é baseado na presença de certos sinais ou sintomas e no comportamento de risco dos pacientes, como a não atualização semanal do software de proteção do biochip, navegação mental por conteúdos impróprios, sexo sem proteção, uso de dispositivos digitais para troca desordenada de informação e acesso a redes ilegais, compartilhamento de seringas, sexo biométrico, entre outros. Após a verificação de sintomas e comportamentos, o paciente é submetido a um scan neuronal para a constatação da presença do vírus AIV. Por vezes, é necessário induzir o paciente a um estado de morte por um minuto a fim de paralisar a atividade nervosa, de modo que o vírus torne-se estável e identificável. Contudo, os *scans off-life*, como são conhecidos, têm sido objeto de contestação e protesto por parte da comunidade médica e da sociedade, dado o elevado número de óbitos provocados pela técnica.

Prevenção e tratamento [editar]

Prevenção

Os únicos modos garantidos de prevenção são a troca segura de fluidos, dados e informações. O uso de preservativos na relações sexuais, evitar beijos, não frequentar locais fechados e com grande circulação de pessoas, bem como não trocar dados com usuários não identificados e verificados, seja por biochips ou por dispositivos externos conectados à rede neuronal, são as principais recomendações para evitar a infecção. Não há antivírus orgânico ou digital que ofereça segurança aos usuários.

Tratamento

Não há tratamento para cura. Neuroativadores e varreduras digitocerbrais retardam o avanço da doença sem, contudo, impedi-lo.

Empresas oferecem atualmente serviços de backup cerebral com posterior reboot do sistema infectado. Entretanto, ainda não há casos relatados quanto a esse serviço. E acusações de charlatanismo já levaram à prisão de responsáveis por empresas de backup cerebral, como o empresário grego Anax Katidis. *[este trecho pode violar o princípio de imparcialidade]*

This page was last modified on 23 April 2088 at 18:46

Text is available under the Creative Commons Attribution-ShareAlike License; additional terms may apply. By using this text, you agree to the Terms of Use and Privacy Policy.

Uma frase para
a posteridade

Quando da abertura do testamento do pai, a mãe ficou com a casa na cidade e algum dinheiro; a irmã recebeu a casa da praia, o carro e algum dinheirinho; a outra irmã, um pedaço de terra e um outro algum dinheirinho; e ele herdou do pai uma frase.

...deixo-lhe esta frase...

Esta frase? Uma frase? Que frase? Parece óbvio e talvez um lugar-comum, mas com certeza óbvio, que ele fez uma dessas — quem sabe todas — perguntas, releu o testamento, no qual o pai também deixou registrado que o filho saberia viver com a frase. Por fim, ele ficou com a frase.

Saiu da leitura do testamento com a frase (uma frase até bonita, ele pensava) se perguntando o que fazer daquela soma de palavras.

A primeira hipótese que lhe ocorreu foi tentar o mercado publicitário. A frase poderia virar um slogan famoso, que tal uma frase de efeito, persuadir multidões, gerar vendas. A frase, afinal de contas, poderia valer os seus tostões. E ele saberia viver com seus tostões. Poderia ser uma herança financeira. Bateu de porta em porta com a sua frase embaixo do braço, mas ninguém se interessou. Deu uma polida na frase e se meteu em algumas passeatas, talvez seu destino — da frase — fosse ser uma poderosa ordem, capaz de mudar o mundo, inclusive o dele, que se tornaria um líder, possuidor de uma frase tão memorável quanto I have a dream. Andou por greves de bancários, professores e funcionários públicos. Enfiou-se em manifestações de estudantes, comícios e reuniões sindicais. Às vezes a falta de timing, às vezes a falta de contexto, às vezes o excesso de barulho mesmo. Nunca a frase foi percebida pelos outros. Era como se só ele percebesse aquelas palavras.

Tentou começar um livro com ela e parou. Quem sabe no final do livro? Sim, mas e o resto? Não veio. Separou vocábulo por vocábulo, analisou a situação. Tentou registrar a patente do que compunha sua frase. Vai que alguém ao acaso a repetia, ou parte dela. Poderia viver dos royalties, muitos fazem isso. Ele não faria: não lhe concederam o registro das palavras, nem da frase. Não era permitido.

A essas alturas, a mãe já tinha vendido a casa e se mudado para Miami. A irmã havia dado o mesmo destino para a residência de veraneio e, com os dividendos, tinha aberto e falido um negócio. A outra irmã produzia alimentos orgânicos e enriquecia no seu pedaço de terra. E ele. E aquela frase que não virava palestra, não era aceita sequer como conselho pelos amigos, nem o analista aceitou a frase--herança que já começava a incomodar. Sentenciou o doutor que ele deveria saber conviver com aquela frase. E depois cobrou por isso.

Conviver com a dita. Era o que mais fazia. Conviver com a sua frase, a frase do seu pai. Em sonhos, no espelho embaçado, na sua carteira, no meio da narração do futebol, em notícia de jornal, sempre ela. Lá. Ali. Letra por letra, se transformando numa grande interrogação.

Já tantos anos desde aquele testamento, resolveu tirar o ponto de pergunta que havia se encostado na frase. Uma frase é só uma frase, tantas por aí, não há o que se fazer com ela, provavelmente ele pensou, já que se levantou do sofá, foi até o quarto e pegou a frase e guardou-a, de uma vez por todas, no canto de uma gaveta, junto do time de botões, de um peão mais velho que ele, de algumas fotos e de mais algumas memórias. Trocou de camisa e saiu com os amigos.

Foi nessa mesma noite, no bar, que um conhecido o apresentou para ela. E nessa mesmíssima noite surgiu uma frase na cabeça dele dizendo que ele queria ter um filho.

O que não saberemos

E é bem difícil que tenha sido ao mesmo tempo, ponteiro sobre ponteiro, mas pode ser que tenha sido quase, e o que é um minuto ou uma hora quando se entra para a história, mas o fato é que, ao mesmo tempo (historicamente falando) em que Vladimir se dirigia, no seu carro preto, para uma de suas casas de férias em Sóchi para ver o tempo passar, Dimitri e mais vinte e dois homens se dirigiam para o compartimento 9 para tirar férias da morte, torcer para o tempo não passar. Coincidência, exatidão, história, jamais saberemos.

Assim como jamais saberemos (talvez nossos filhos ou netos, vai saber qual é o prazo de validade de lacres de arquivos secretos) que Vladimir, no carro, mesmo sem ter lido, mesmo sem antecipar nada, mesmo sem saber o nome de Dimitri, que Vladimir já tinha conhecimento do que Dimitri escreveria (ou estava escrevendo no mesmo momento em que Vladimir tomava o avião em Moscou rumo ao descanso) na segunda carta, aquela mais que lacrada, que não veio à tona, na qual não sabemos que Dimitri certamente explicou todos os motivos que fazem do Mar de Barents o verdadeiro mar negro, Mar Negro que é o nome daquele que banha Sóchi, onde Vladimir molharia a ponta do dedão ainda naquele sábado, 12 de agosto, dia bom para iniciar férias, não para tragédias militares.

O que sabemos é que, só dois dias depois, gente como a gente ou como a família de Dimitri pôde saber o que havia ocorrido.

Mas Vladimir não é gente como a gente e por isso não sabemos que ele, com vista para o mar e com a tranquilidade de poder ver o mar sem temer seu avanço a cada milésimo de segundo, respirou fundo sem pensar que isso às vezes é privilégio ou luxo mais luxuoso do que residências de férias, especialmente quando se está a noventa ou cem metros de profundidade, ensardinhado com outros vinte e dois homens num mar gelado e negro, quem sabe sonhando com um conta-gotas de ar ou tentando relembrar técnicas de apneia — coisas que não sabemos se passaram pelas ideias de Dimitri, mas poderíamos arriscar que era o que um Mikhail pensava no breu do que um dia tinha sido um submarino invencível.

É impossível saber que Vladimir não relaxou — o que talvez seja mesmo bastante difícil de se fazer presidindo uma potência atômica falida, havemos de consentir —, mas que, de qualquer modo, desceu para a sala de jantar, porque embora pensando em arsenais atômicos e máfias do setor de energia, ele não precisa se preocupar em fazer o almoço que está na sua mesa. Não sabemos o cardápio, nem isso interessa, mas é provável que Vladimir tenha feito uma deliciosa refeição, digna de um czar, no mesmo instante em que Dimitri e vinte e dois homens engoliam um arzinho a mais, imóveis e silenciosos como se pudessem se esquivar do inimigo que avançava fluidamente pela máquina assassina, como eu sei que um americano chamou aquele maracanã nuclear que estava no fundo do mar.

Acredito que eu nunca vá saber disso e você também não vá saber que Vladimir ficou puto, realmente puto, o que permitiria um infame trocadilho se tivéssemos essa informação que não temos, a de que ele ficou puto logo após o almoço, ao ser informado por Sergei ou Ivan ou Anton, pouco importa quem passa os recados, de que alguma coisa havia dado estrondosamente errada lá no outro mar, naquele mar no norte, onde Vladimir pretendia que o recado houvesse sido outro: a Rússia é grande, a Rússia assusta o mundo enquanto seu presidente estica as pernas, porque é tão russo impor respeito ao mundo quanto um gole de vodka. Ou pretendia que o recado ficasse bem claro para os três oficiais chineses convidados para o espetáculo, em que assistiam torpedos e mísseis como num show de fogos de artifício, o recado de que ali estava o melhor investimento do novo século.

Mas sabemos, e isso não deu para esconder, que o recado foi outro e houve fogo no mar. Não sabemos, porém, que houve fogo também no estômago de Vladimir, que pediu ligações para almirantes, comandantes, preocupado, extremante preocupado, como ficam estadistas quando bilhões de euros ou dólares vão oceano abaixo. Não fosse uma emergência, Vladimir, com seus secretários, teria preparado uma lista com as principais preocupações em pauta numa hora dessas:

1) E os chineses, alguma chance do negócio ainda sair?
2) Alguém mais sabe disso?
3) Foram mesmo os americanos?
4) Preciso voltar a Moscou?

Ora, não sabemos, ninguém nos disse, os livros não registraram que, numa escala de proporções e grandezas, bilhões de euros, milhões de votos e uma guerra fria ou quente antecederam, na cabeça de Vladimir, cento e dezoito ou vinte e três homens ou um Dimitri, um papel, um lápis, uma escuridão, um mililitro de ar por vez e um bilhete que começava com uma frase como: 12h08... Aqui está escuro para escrever, mas vou tentar tateando; ou como a seguinte: Parece que não temos chances, talvez 10 ou 20%; e ninguém jamais saberá que o bilhete que pode ter sido escrito enquanto Vladimir ordenava que se preparasse uma primeira nota para ser divulgada à imprensa, mas não hoje, hoje não, é preciso manter a calma nessas situações (Dimitri terá ouvido isso?), uma nota que diria algo como Kursk no fundo do mar, incidente técnico sem importância, não há armas nucleares, que é tudo o que Vladimir, ex-oficial da KGB, julga que é preciso e direito o mundo saber numa hora dessas.

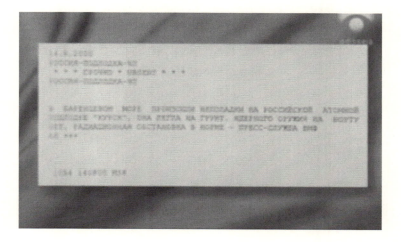

Porém, eu, você, quase ninguém sabe que, numa hora daquelas, Vladimir, sentado numa poltrona que talvez custe mais do que a casa em que um dia Dimitri viveu, já sabia, antes de Dimitri, que aqueles 10 ou 20% de chances que estavam especulados no bilhete ensacado com disciplina militar para ser resgatado meses depois junto com aquela outra carta que ninguém leu, aqueles 10 ou 20% de esperança já eram zero no meio da tarde e no fundo do mar e da poltrona de onde não sabemos que Vladimir disse, por celular ou por telefone, para Ivanov, Boris ou Grigor transmitirem por celular ou por telefone para aqueles que insistiam de novo, mais uma vez, no meio das férias do presidente, ora, haja paciência, mas insistiam que havia batidas no casco e que um resgate ainda era possível, pois então, não sabemos que, para esses, Vladimir disse algo como Por favor, cento e dezoito soldados é um preço mínimo a se pagar numa hora dessas, essa história não pode vir à tona enquanto eu não falar com Washington, certifiquem-se de que ninguém deles se aproximará da área, mandem recolher informações, amanhã precisamos tomar decisões. Liguem para o embaixador deles.

    Talvez um pássaro tenha visto, mas passarinhos só nos contam coisas em figuras de linguagem, portanto, não sabemos que Vladimir caminhou de um lado para outro (o que é uma bela caminhada no pátio desta casa de férias) enquanto Dimitri, se é que eles sobreviveram mais de quatro horas, quem saberá, evitava piscar para evitar respirar mais do que o mínimo necessário, prolongando a agonia, disciplinadamente mantendo uma posição de sentido sem sentido ou com o único sentido de sobreviver porque ele de fato acreditava no bilhete que nem sei se Vladimir chegou ou chegaria a ler: Quero ter esperança de que alguém vá ler isto. Aqui está a lista do pessoal dos compartimentos, que se encontram no 8º e no 9º e vão tentar sair. Orgulhoso soldado que não sabemos se Dimitri e os outros eram, mas deveriam ser para se meterem no fundo do mar por cinquenta dólares/mês, e então ninguém sabe ou saberá, mas eles ainda podiam acreditar que sua admirável nação viria buscar seus heróis. Eles não souberam, nem nós sabemos, que Vladimir, com muito espaço para caminhar, havia deixado o telefone em casa e caminhava como eles não podiam, porque não havia mais nada que Vladimir pudesse decidir ou saber, a não ser que dedicaria uma hora a suas merecidas férias, a caminhar ao redor da sua casa, que é grande como um submarino afundado. Porque, afinal de contas, sim:

Afundou.

Mas Vladimir, caminhando em sua residência ao nível do mar, não sabia que, no futuro, responderia exatamente assim, e somente assim, com uma só palavra, a Larry David sobre o que havia se passado com sua máquina de guerra, exemplo de grandeza russa: Afundou. Entretanto, também não sabemos que Vladimir não se deixa afundar por tão pouco e adora caminhadas, que ajudam a pensar.

O que sabemos, ou intuímos, é que longos passeios abrem o apetite, mesmo nessa situação — a de Vladimir, não a de Dimitri. Não sabemos é se, ao jantar, infelizmente acompanhado por sua futura ex-esposa e mais infelizmente ainda por um assessor que insistiu em lhe trazer um relatório ao vivo dizendo que Sim, os soldados continuam dando batidas no casco e que Sim, há ofertas de ajuda inglesas e norueguesas com capacidade para tentar o resgate, o que não sabemos é que Vladimir, desgostoso pela falta de sal ou pelo excesso de informações no jantar, disse, sorrindo ou nem tanto, Não se fala mais em resgate, quem entra para o exército sabe que terá que se sacrificar pela pátria. E nem sabemos se um empregado, servindo um cálice de vinho no exato momento em que Dimitri, se ainda vivo, olhou as horas sem saber por que fazia isso, se esse empregado, numa anotação mental tão secreta quanto arquivos de afundamento de submarinos, pensou, Do contrário, entrariam para a política, não é mesmo, presidente? E mais uma coisa que não sabemos é se Vladimir disse que Morreram ou vão morrer como soldados. Ponto. Me passe o sal.

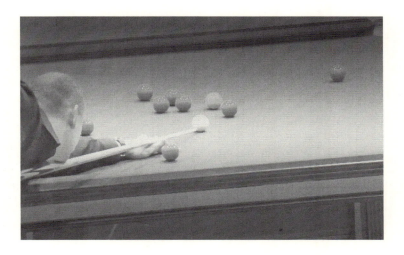

Ah, o que não sabemos mesmo, e isso confesso que não quero saber jamais, é como é que anoitece ou se chega a anoitecer em submarinos, ainda mais os que estão naufragados como estava aquele que um dia teve quatro andares habitados por ilusões ufanistas de Vladimir e naquele instante se reduzia a um compartimento com vinte e três homens, talvez vinte e três cadáveres que, de um jeito ou de outro, isso sabemos, não viram a noite chegar, porque noite já era desde o meio-dia. Porém, não sabemos que Vladimir, após uma longa e nada amistosa conversa com Bill, que poderia ser resumida em Cuida do teu que eu cuido do meu (arsenal nuclear) ou Cala a boca que eu calo também, ou Falamos novamente amanhã, desistiu de ver televisão para espairecer e deixou assim de ver um documentário sobre o Titanic, esse outro gigante invencível dos mares que também tem o mau hábito de preferir mais as profundezas do que a superfície, e, não sabendo dessa opção de Vladimir, que nada mais tinha a fazer enquanto o sono não vinha, não sabemos que ele foi para a sala de bilhar da residência e organizou as quinze bolinhas dentro do triângulo, tão justas e apertadas e, por que não, sufocadas, como vinte e três homens ficariam ou estavam num compartimento de número 9 num submarino afundado no Mar de Barents. Sabemos, contudo, que, mesmo apertado e sufocado como uma bolinha de sinuca num triângulo, encaçapado no fundo do mar, Dimitri escreveu mais cedo, nesse 12 de agosto, o fim do seu bilhete, escreveu Cumprimentos a todos. Não desesperem. Não sabemos se ele seguiu o seu conselho e não desesperou, embora tantas embarcações, não só russas, que circundavam a área, tenham registrado tantas pancadas no casco indestrutível do Kursk — desespero ou esperança ou qualquer coisa no meio disso, não há como saber. Assim como jamais saberemos que Vladimir, ah, Vladimir não se desesperou, e, com uma tabela, encaçapou a derradeira bolinha 9 e conseguiu sorrir como se nada mais estivesse acontecendo no mundo naquele instante. Satisfeito, tomou um gole de uísque e, como se lesse o bilhete de Dimitri, como se lesse Cumprimentos, entendeu Boa noite e pensou em ir para o quarto, mas não foi, talvez Ludmila ainda estivesse acordada. Não sabemos que Boa noite, para Vladimir, em seu período de descanso, pode significar ir para o alto do seu palácio no sul da Rússia, onde é menos frio (o país, não ele), e observar o mar. Observar o mar e deixar os pensamentos soltos, tão soltos que não saberemos que ele refletiu sobre a situação de Dimitri (um hipotético Dimitri), se o rapaz já estava morto ou se morreria dentro de uns dias, quando ele, Vladimir, decidiria, após dezenove conversas com Bill, vinte e sete caminhadas pela casa, trezentos e setenta e cinco telefonemas [que não conhecemos (mas que a CIA escutou)], algumas notícias desagradáveis nos jornais que fariam Vladimir sentir saudades do comunismo e do povo unido em torno de verdades mais simples, mas exatamente quando Vladimir definiria, para o bem da nação, da diplomacia e dos negócios, que sequer os vinte e três supostos sobreviventes haviam sobrevivido ao desastre do Kursk, provocado pela falha num torpedo, não pelo que diziam os boatos de guerras, conflitos, espionagem. Não. Não saberemos.

Ato
único

deparei por acaso
com um escrito de um autor anônimo [...]
de 23 de agosto de 1939, ou seja,
uma semana antes da eclosão
da Segunda Guerra Mundial e diz:
"Tudo, porém, já passou.
Fosse eu realmente um poeta,
teria necessariamente
podido impedir a guerra."
(*Elias Canetti, em* O ofício do poeta)

O pano já subiu há mais de hora e meia.
Estamos eu e ele — o ator em preparação para
a próxima apresentação — nas coxias. Ele veste
jeans e camiseta. Eu, os trajes medievais que

caracterizam Sir Colnus, hoje, meu personagem.
Dois atores atuam no palco. O diretor nos
bastidores, no outro extremo.

EU DIGO:

Existem, pelo menos, quarenta e sete jeitos de sofrer essa dor nesse ponto específico do corpo e torço para receber exatamente nele; há casos, acredite, como o de Elias Mann, em que o ator atacou, por exemplo, no peito, estragando toda a preparação do pobre Mann *(ele me olha com espanto, eu sigo sereno).* Mas pode ficar tranquilo, faz parte das exceções na história desse espetáculo. Muitos atores já passaram pelo mesmo momento que você vive agora, ser preparado por alguém como eu, e todos construíram seu personagem, e tudo correu bem, perfeitamente bem. Comentava isso porque é bom pensar nas especificidades desse papel que eu interpreto hoje; você, provavelmente, daqui a uns seis meses. Pense na importância da precisão do outro: se fôssemos levar em consideração o corpo todo, um ataque mais aqui em cima, como foi o caso de Mann, por exemplo, quer dizer, se não nos fosse permitido antecipar o local da ação, não acredito que pudéssemos mensurar as possíveis formas de se sentir essa dor.

(olho para ele e me sinto um veterano na universidade; ele vai representar Colnus daqui a um tempo, já passei por isso, está no começo do pre-

paro, quer saber tudo, como foi, como não foi, técnicas, respiração, e então olho melhor para ele e penso que não, definitivamente não, ele não se parece em nada comigo, mas também isso não chega a ser um problema maior, é preciso lembrar que, quando for a hora dele, os que estarão sentados no lado de lá também não se parecerão com os de hoje. Aliás, não serão os de hoje, é muito provável que não. E, se forem, também, ninguém vem aqui atrás de milagres e ressurreições, a gente sabe disso, esses vão à igreja, não a teatros, se bem que)

<u>EU DIGO:</u> *(em continuação, olhando de volta para ele)* Você me pergunta das minhas motivações para ter feito o teste, me submeter a este papel, se elas me ajudaram na construção do meu Colnus. Olha, com certeza, não foi pela fama que entrei nessa. (*Rio, ele ri, parece nervoso, como se ele estivesse a cinco minutos da cena final, e não eu.*) Motivação? Eu penso que este é o grande papel. O derradeiro papel. Esqueça Hamlet, por favor. Todo ator deveria submeter-se a este teste para morrer em paz, ou não, com a sua consciência de artista. Digo assim: se você realmente responde a uma vocação artística, não a uma vocação para tirar fotos imbecis para revistas idem, você tem que encarar essa. Sabe, acho que nunca, nunca, dei um autógrafo, mas tenho certeza de que, depois de hoje, isso vai importar menos ainda.

(me distraio, olho o que se passa no palco, a dis-
cussão entre os dois personagens. Acho que ele
olha comigo, pensando reparar uma lição fun-
damental. Na verdade, não me distraio, me dei-
xo, sim, atrair, atrair pela ação que se passa ali
no palco, é importante que ela esteja viva em
mim, que, quando chegar a hora, eu não pense
mais como eu, que seja o outro, sinta como o
outro, mas me distraio de novo do palco. Volto
para o aspirante. É cansativo instruir. Mas faz
parte de ter o direito a este momento a obriga-
ção de ajudar a preparar os próximos. Fico de
lado para o palco, olho para ele. Ele tem os olhos
cheios de perguntas. Não sei se ele chegará lá,
como eu vou chegar em breve. Não será o pri-
meiro a desistir)

<u>EU DIGO:</u> *(respondendo à pergunta dele)*
Como se ensaia para este papel? Sim, é verdade que
a cena em si não é totalmente reproduzível no palco
antes do espetáculo, mas você deve entender que
a perfuração da espada não é o decisivo, o decisivo está aqui *(toco com o indicador na têmpora dele;*
ele sorri como uma criança gostando da brincadeira).
Não é frase de efeito, cara. Pense bem, se você faz o
papel de um homem apaixonado ou louco de tesão,
mas não considera a atriz uma mulher atraente, ou
você é gay, me diz, você pode estar menos apaixonado na peça? Não. Ali *(aponto para o palco, vejo o*

desespero do diretor, do outro lado, com medo de que meu braço surja. Ele, o ator, futuro Colnus, espero, observa o palco como o mando fazer) você não é você, meu amigo. Então não importa o que a espada faz em você, importa o que você decide que ela faça em você. Não há segredo. Concentração, entrega e ensaio, ensaio, ensaio. É claro que há métodos para desenvolver melhor os seus recursos. Se quiser, você pode, como eu fiz, ensaiar sozinho, digo, fazer exercícios específicos para o momento do clímax, vê:

> *(mostro as cicatrizes nos braços, no pescoço, no abdômen, bem onde deve ser o golpe, como um ponto xis no mapa; ele olha; chega a tentar não olhar; não sei o que pensar de quem tem medo de cicatrizes; tapo as feridas; ele me olha agradecido ou aliviado; palestro)*

<u>EU DIGO:</u> *(em tom de palestra)*
Comecei com agulhas e logo percebi: em se tratando de alguém como Sir Colnus, o poeta que tem a frase capaz de evitar a guerra e é vítima de uma tremenda traição, de uma morte inesperada, percebi que me golpear era um exercício interessante. Leve o dedo indicador até seu olho, o mais perto que puder.

> *(ele obedece, leva o dedo, quase toca, mas não entende. Aponto meu dedo para o olho dele, ele pisca, se assusta, dá um passo temeroso para trás)*

EU DIGO: *(provocador)*
Reparou?

(ele faz que não)

EU DIGO: *(professoral)*
Você quase perfurou o próprio olho, quase tocou e não teve medo algum. Agora, quando eu fiz um gesto na direção dos seus olhos, você piscou, se afastou. Quer dizer, você, logicamente, confia cegamente que você mesmo não vai se machucar; mas em mim não, não há confiança. Digo mais: você é a pessoa em quem você mais confia nesse mundo. Entendeu?
(ele faz um mais ou menos com a cabeça; penso que talvez ele não seja a pessoa certa, mas em breve isso não vai ser meu problema, então prossigo)

EU DIGO:
Olha *(eu olho para o relógio dos bastidores, faltam poucos minutos)*, Sir Colnus sofre a maior traição que podia imaginar. Como é que alguém como nós, no mundo de hoje, pode ter ideia do que é uma traição nesse sentido? Simples: ser traído por quem jamais imaginamos que o faria: nós mesmos. Perfurar o próprio corpo, primeiro com uma agulha, foi um jeito que encontrei de sentir algo parecido, introjetar essa dor, refletir sobre essa sensação. Cheguei a fazer assim: sentava sobre a mão até que ela ficasse dormente. Colava a agulha nela e, sem sentir a mão,

mas com a força do braço, dava o golpe, vendo meu próprio corpo me agredir. É uma sensação nova, garanto. Outra coisa que faz parte da minha construção própria do personagem é aquela marca maior na minha barriga, recorda? Fiz o seguinte exercício: tomava porres homéricos e, no dia seguinte, acordava com uma dor de cabeça atômica. Então, com o que me restava de energia, aquecia um ferro e cravava em alguma parte do corpo e era incrível ver o sistema nervoso todo se concentrar na nova dor, esquecer a antiga, como eu proponho que se dê com meu Sir Colnus, lembra da minha concepção de Colnus? Alguém que tem uma dor crônica nas costas e, súbito, na hora derradeira, sente a paz de ver-se livre dela, mesmo que através de outra dor? Já pensou isso, a dor como libertação da dor? Eu pensei, acho que essa será a quadragésima oitava dor de Colnus, a minha assinatura e, bom, talvez você pudesse começar com Stanislavski.

> *(não fosse óbvio quem é Stanislavski, eu diria que ele confundiu com uma marca de antiácido; um alívio efervesce na expressão dele, dissolve um pouco da tensão)*

EU DIGO:
É notória a ideia de Stanislavski sobre ficar parado no ritmo certo. Parar como quem tocaia um rato para atacar o bicho, parar como quem vê um tigre avançar. É parar, mas é diferente, você conhece isso, não?

(ele faz que sim com a cabeça; eu dou as costas para ele, ouço o assistente dizer para eu me preparar, falta pouco. Observo a cena. E lembro de todas as vezes que vi esse espetáculo, da plateia, daqui mesmo, quando fiz outros papéis para conseguir experiência, entender todo o conceito, quantas vezes observei a saga de Sir Colnus, entendi suas motivações, me tornei Sir Colnus? Quantos homens morreram para que pudesse chegar a hora definitiva do meu Sir Colnus? Dez, treze, talvez quinze, acho que mais de vinte. A minha preparação acompanhando Thomas K., ouvindo Thomas K., indagando Thomas K., o último a ser Colnus antes de mim. Agora, logo, muito logo é a minha vez. Seis passos, luz sobre mim, três falas e FIM; olho para o lado; ele me olha como um mendigo, como quem sabe que falta muito pouco para perder um ente querido)

<u>EU DIGO:</u> *(como um pai)*
Pois então: daqui a pouco está na minha hora, e é impossível resumir tudo o que envolve este personagem, você terá que encontrar sua síntese. Mas, veja, sei que já disseram isso para você, óbvio que disseram, mas é sempre hora de pensar nisso *(olho para o palco, ele olha comigo, volto a olhar para ele)*, se há formas e formas e formas de se estar parado, se nunca paramos do mesmo jeito, se tem um movimento interno para parar, pense nisso: morrer de bala perdida

é uma dor; morrer de infarto fulminante é outra dor; e não digo física apenas. Na consciência. Morrer sabendo que se pode morrer; morrer desejando morrer; morrer surpreendido numa luta pela própria vida; morrer surpreendido numa luta por uma causa em que você acredita; em que você não acredita; morrer acreditando salvar a própria vida; morrer vendo televisão. Eis o desafio, cara, na hora derradeira, quando todo o seu corpo escolhe uma morte, quando está decidido a morrer por causa de um trabalho em cena, você não pode se jogar achando que é natural, tem que lembrar: essa morte não é a sua. É a morte de Sir Colnus, você deve morrer em 1513, de um golpe traiçoeiro, quando você tinha o verso que evitaria a guerra, morrer com a dor que vai além do metal contra o corpo, a dor que não é a de interromper os seus projetos, mas as esperanças de Sir Colnus. Você tem certeza de que compreende? Eu entendi *(bato no peito, surpreso comigo; ele parece hipnotizado),* eu vou pisar neste palco *(aponto o palco)* porque entendi.

(me calo, enxugo o suor; ele me olha esperando algo mais; tomo ar. Vejo no palco que os dois personagens já confabulam, cochicham, eu sei que isso está acontecendo, Sir Colnus não pode saber; o diretor, do outro lado da coxia, me observa; se eu falhar, ele falha; se eu desviar, ele se perde; olho para o futuro Sir Colnus, que não sei se será. Ele está distraído. Boto a mão no ombro dele, como se pousasse uma espada de batismo)

<u>EU DIGO:</u> *(em tom confessional)*
Meu amigo, é isso o que importa. É isso o que importa. Esqueça ser ou não ser. É ser não sendo. Ou não ser sendo, você escolhe. Se eu puder pedir para você guardar só uma coisa das nossas conversas nos últimos dias, acho que é isso: quando acontecer, quando a morte chegar, estar preparado para não deixar-se ir, não respeitar o corpo. Você é o dono do próprio corpo. Um grande ator tem o controle do corpo na hora derradeira, escolhe a dor que sente no último instante em que sente, eis a grande atuação. Eis a consciência necessária. Eis o porquê de enfrentar isso. Ora, se a plateia ri numa hora errada, ou se há silêncio quando se esperava uma outra reação, você muda seu personagem em função disso?

(me movimento, ele acompanha. Dá para ver nesgas de plateia)

<u>EU DIGO:</u> *(em continuação)*
São eles que importam? *(ele tenta dizer alguma coisa)* Rapaz, se você pensou, já errou. Não, não são eles que importam, não é por eles *(aponto para o que é possível ver da plateia)*. Acha mesmo que eles estão apreendendo alguma coisa? Eles vieram aqui por causa do boca a boca underground, para se sentirem exclusivos, para ter uma "experiência real" e depois se exibirem em bares que ficam em porões fétidos, em galerias que ficam em subsolos úmidos, incapazes de oferecer condições a uma obra de arte,

em lugares como este, onde está este palco. Vão se exibir que viram, que entenderam, vão dizer impactante, impressionante, interessante, vão contrair o rosto, olhar no horizonte, fazer cara de inteligente para narrar a hora em que eu entrei no palco e cumpri o destino do personagem. Não vão admitir que não entenderam nada, alguns vão falar em loucura e depois tentarão justificar com argumentos pseudorracionais, mas não im-por-ta *(agarro os dois ombros, numa empolgação inesperada)*. Ei, não desanime. Se você desanimar por causa deles, do público, melhor desistir hoje. Ainda dá tempo de prepararmos, prepararmos não, do diretor e a equipe prepararem outro ator para a próxima apresentação e *(ele balança a cabeça dizendo que não)* não vai desistir? Que bom. Mas é sério, o que importa está em você. No seu processo de construção. Eles não vão entender mesmo. Não importa o público *(faço algumas respirações, está chegando a hora. Ele idiotamente repete o exercício. Paro, irritado com a imitação estúpida. Ele para também)*. "É real", é isso que eles todos ali, sentados, pensam, vão pensar. Mas eu, você, a gente tem que saber: não é real. Se a espada não entra?, você quer perguntar. Claro, entra, rasga a carne, vários já se foram por esse trabalho, mas repito: não é a minha morte que eu represento. É outra *(olho bem para ele, ele quase sorri, talvez perceba que eu quero mesmo que ele dê continuidade a isso)*. Peça amanhã para o diretor o vídeo do grande Franz Canetti. Tive o privilégio de assistir ao vivo, lá no primeiro palco, antes da primeira mudança por causa da polícia. Mas assista à cena do Canetti, esse foi um grande. Entendeu tudo o que estou tentando te dizer. A dor que ele elaborou para o momento decisivo, a reação dele ao golpe, ao metal, bom, Canetti, na sua construção de Sir Colnus, ele descobriu pelo menos três novas possibilidades para essa dor. Está nos diários dele. Claro que eu não o copiei. Construí minha própria cena, meu próprio Colnus, você vai ver já e *(ele parece relaxar, me faz uma graça. Sigo sério)* talvez você peça para assistir ao meu vídeo? Tá bom, mas não adianta puxar meu saco, amanhã já não estou mais aqui. Comigo, o melhor que você tem a fazer é ouvir minha experiência aqui, agora, observar o jogo do palco daqui a pouco, em seguida; escutar minhas ideias agora e separar as que te dizem alguma coisa.

(surge na coxia o contrarregra, puxa ele pelo braço, me dá um tapinha nas costas, diz qualquer asneira de incentivo. Fico sozinho, olhando para ele, que se distancia, meu sucessor que um dia estará na posição em que estou. Olho para o palco e preciso controlar o coração, não posso deixar os batimentos dispararem. Sir Colnus está calmo. Pulsação baixa. O diretor faz gestos do outro lado como se eu precisasse saber da minha hora, da minha deixa. Respiro, controlo ritmo cardíaco, Sir Colnus está sereno, Sir Col-

nus — eu — só saberá o que lhe espera quando já houver acontecido, Sir Colnus — eu —, se não fosse uma atuação patética, poderia entrar de mãos nos bolsos e assobiando, crendo encontrar dois bons amigos. Avanço. Não olho para trás. Sei que ele me olha muito mais tenso do que eu. E muito mais do que Sir Colnus — eu. Dou um, dois, três, quatro, cinco passos e a marcação no piso não é nada mais do que um rejunte de pedras onde paro porque paro. Cumprimento. Ouço eles. Palavras amenas. Olho para as pradarias à minha direita, respiro o cheiro das árvores e sinto o metal súbito, o que é isso, rasga a minha carne, e me concentro na traição sofrida por Colnus, no inesperado que é sofrer este ataque, na paz que lhe dá a ideia na qual ele crê, e por isso preciso crer, creio agora que algo melhor o espera, assim que seus olhos deixarem de ver, e me concentro na dor intermitente que criei para suas costas e na sensação de deixar de senti-la, uma dor mortal como alívio de uma dor que durou toda a vida, essa será minha assinatura, registrei nos meus diários, essa será a marca do meu Colnus, me concentro nesse efeito libertador da dor, caio de joelhos, não posso ir tão rápido quanto meu corpo deseja ir, profiro as últimas palavras de Colnus e, na coxia, ele, o próximo Colnus, não sabe se sorri, não posso vê-lo, não sou eu, sou Colnus que morre e cai no palco, acho que ouço aplausos, mas não posso ouvi-los, é uma traição, aplausos dos traidores, não sei se meus olhos pesados verão o pano cair ou as pradarias ou, não sei

FIM

Jorge, Enrique, seus personagens

Na entrada do apartamento, Enrique bate os pés sobre o capacho, entra, fecha a porta, mais encostando-a do que batendo, quase silenciosamente. Larga o blazer no cabide, com as costas da mão enxuga uma ou duas gotas de suor da testa.

— Que calor — ele reclama baixo. Passa os olhos pelo ambiente todo escuro, avança para a sala sem acender as luzes, deixa a sacola da Bernat sobre a poltrona. Contorna a mesa e vai até a cozinha, e seu rosto cansado fica agora mais visível com a luz da geladeira marcando rugas e cavidades sob os olhos. Com uma das mãos, tenta alisar os amassados que o dia suarento deixou na sua expressão. Da sala, vem o zumbido do motorzinho em volume crescente e, então, o som de batida, talvez do ombro, talvez de uma roda, certamente contra algum móvel. É provável que a vítima do atropelamento tenha sido a mesinha que forma uma perigosa esquina a ser dobrada por quem vem dos quartos. Enrique olha para a entrada da cozinha. A porta da geladeira ainda aberta é o holofote que ilumina a entrada em cena do velho cego pilotando sua cadeira de rodas elétrica. O velho estaciona sob o marco da porta e é como se olhasse:

— Então, Enrique.

— Buenas, Jorge.

— Como foi com o jornalista português?

— A mesma coisa de sempre.

— E o que isso quer dizer?

Enrique fecha a geladeira, quem sabe preocupado com a conta de luz, ou por democracia, se um não pode ver por que o outro merece o privilégio? Abre uma lata de coca-cola. O velho arregala os olhos que não veem.

— Ah, Jorge. Que sei eu? A mesma coisa de sempre. As mesmas perguntas, o que é verdade e o que é ficção no livro novo, o que há de ensaio, e sobre Dylan, e sobre o congresso do

— Mal sabem eles.

Enrique faz um pois é com a cabeça.

— Ah, sim, Jorge. Talvez te agrade isso: o português também perguntou o que eu quis dizer com a frase *Quando escurece, sempre precisamos de alguém.*

— E o que você disse?

Enrique olha para a lata de coca-cola. Não chega a tomar um gole.

— Não lembro. Qualquer coisa. Mas fiquei com vontade de te perguntar, essa frase é tua: se referia à falta de visão, ao nosso trabalho, à literatura? Fiquei curioso também.

— Que sei eu, Enrique? Você sabe o que querem dizer todas as suas frases? Os McGuffins? Já foram tantas.

Enrique passa ao redor da cadeira; o velho, feito um sonar, acompanha a passagem girando a cabeça, conduzido pelo ruído dos sapatos raspando o piso.

— Mas, Jorge, às vezes penso: acha que um dia eles saberão que a gente, digo, tudo isso?

— Ah, não me ocupo disso, chico. E se souberem, quiçá as coisas fiquem ainda melhores, não? Não sei. Na verdade, tenho me divertido tanto e isso já me basta.

Enrique sorri, mas só Enrique sabe disso.

— É, é divertido. Mas tem momentos em que, não sei, me inquieto com toda essa minha atuação, contigo aqui há tanto tempo. Veja, penso se não é um pouco medíocre a minha condição, essa encenação sempre que saio deste apartamento, atendo o telefone, respondo e-mails. Nem sei mais se sou tão Enrique, se sou Jorge, se sou alguém, quantos livros já escrevemos, quantos contos? Não ria, Jorge, estou vendo teu sorriso. É muito cômodo ficar aqui ditando, trocando ideias, mas eu, digo, se eu parar de me esconder atrás de tantos textos, seria capaz de dizer algo sobre mim?

— Se eu pudesse, saía dos bastidores e te dava uma folga, assumia a linha de frente.

Enrique, na escuridão, talvez veja o cego fazer movimentos de quem olha para as próprias pernas (ou o que devem ter sido pernas há uns bons anos) desarticuladamente dissolvidas debaixo da manta, sobre o assento da cadeira de rodas.

— Não quis dizer isso, Jorge. Calma lá. Vem cá, vamos, quer comer alguma coisa?

— Não estou com fome.

— Não faz assim.

— É verdade.

— Bom, eu vou comer algo na sala.

Carregando pratos, um pacote de pão, a lata de refrigerante e alguns fiambres, Enrique deixa a cozinha. É perseguido pelo som do motorzinho. Ele se vira para trás e vê aquele personagem um pouco obscuro seguindo-o como uma sombra.

2

Mastiga um pão com chorizo e olha para o velho no canto mais escuro da sala. Pode estar dormindo, pode estar escrevendo, sofrendo até, sempre difícil saber.

— Jorge.

— Sim.

— Pensei que estava dormindo.

— Não, eu

— Hoje perguntaram de novo sobre as frases.

— Que frases?

— As frases, ora, *como dizia Nietzsche, como dizia Borges*, querem sempre saber o que

— *Como dizia Borges.* Essas são bárbaras, adoro quando fazemos isso — o velho bate uma palma quase silenciosa. — Me ocorre que uma frase sua em uma conferência futura, ou que podemos botar no próximo livro, poderia ser *Uma vez, Borges, citando Hegel, disse que*

— E será verdade?

O velho não responde.

— Sim, *Escrever é tentarmos escrever o que escreveríamos se escrevêssemos.*

— Marguerite Duras!

O velho termina de falar e sorri feito um velho normal que ouvisse seu número definitivo no bingo.

— Também falei sobre essa hoje com o português. Pode isso? O livro saiu quando? Em 2000? Vá lá, 2000 e pico em Portugal. Mas já estamos em 2012 e o tipo ainda vem com essa? Afirmei que a frase era minha. Ah, é. E hoje também empurrei para ele uma história, uma história de que eu teria me apropriado de uma frase de Shakespeare. Ele adorou.

— Enrique, veja aí, vamos, veja aí na internet

com quantas citações anda a nossa prestigiosa Marguerite Duras.

— Antes deixa eu terminar o jantar.

3

— Mil setecentas e sete ocorrências, Jorge.

— Isso é bom ou ruim?

— Não sei. Temos frases com mais citações e há os contos que circulam feito praga na rede. Não sei avaliar.

— Existem livros que saem com menos exemplares do que isso. Meu primeiro livro teve trezentos exemplares, não me lembro se já te contei isso, chico.

— Nossos livros têm saído com edições um pouquinho maiores, você sabe — Enrique olha para o lado e vê um sorriso de orgulho tentando se esconder na máscara de rugas que faz as vezes de rosto do seu companheiro. — Mas vou dormir, meu caro.

— Não, Enrique. Vamos.

Enrique vê o velho apontar com o queixo e os olhos cegos para a mesa de trabalho.

— Ah, Jorge

— Precisamos escrever um pouco mais hoje.

— Estou morto, preciso deitar. A Bernat anda insuportável, autógrafos e perguntas e fotos. E turistas literários, onde já se viu? Que ideia essa de meter a livraria naquele livro. Ah, que lindo, uma livraria na Calle Buenos Aires, que charada simpática. Que queremos? Que nos descubram ou não? Ou o quê? Nos sentirmos superiores com os enigmas que só nós deciframos?

— A ideia da Bernat foi sua.

— Foi? Já não me lembro.

Enrique se apoia na mesa do computador e levanta da cadeira, mas o velho, como se enxergasse os movimentos, agarra o pulso do amigo com uma força impossível:

— Enrique, pensei que fosse isso que você queria. Lembra, quando nos conhecemos em Genebra, era o quê, 1983, 1984... Aquelas suas frases sobre ser um ladrão de frases alheias, sobre ter sido um parasita em relação aos seus escritores mais admirados e querer transformar isso em estilo, embaralhar o literário. Embaralhar o literário. Ah, falei para Maria naquela altura que eu havia encontrado meu parceiro, que tínhamos um grande futuro. E acho que tivemos, não?

Em pé, Enrique mira o olhar, se é que possível, ainda mais perdido do velho. Faz que não com a cabeça.

— Esse teu apego a tudo o que eu disse. Sim, eu sei que disse isso, alguém fez questão de meter no meio do *Mal,* no meio do romance, para eu não esquecer. E não nego, Jorge, foi a vida que escolhi, que escolhemos. Estamos nessa história até o fim. Não sou moleque. Mas é tarde, não posso fazer isso vinte e quatro horas, eu passei o dia em entrevistas e, ah, preciso

— Ah, *é preciso escrever sempre, escrever amanhã e depois de amanhã, escrever em Paraty e escrever em Barcelona, escrever*

E o velho interrompe a frase, engasgado numa risada asmática e milenar. Enrique coça a testa avantajada, com pressão quase agressiva, alisa para trás os cabelos que restam. Olha para o velho, que ainda luta com sua risada.

— Essa frase é tua, Jorge.

— Como muitas outras. Mas não assino colunas com ela no El País, nem a li em Paraty, lá no Brasil, para delírio de fãs. Não vi o vídeo, Enrique, mas escutei os aplausos. Está cansado disso? Precisa descansar disso? Vai me dizer que não gosta dos aplausos, dos autógrafos?

Enrique faz que não com a cabeça, o velho obviamente não vê sua contrariedade, nem o vê falsear um passo que não chega a dar. Ele para ao receber no pulso o toque quase não toque de tão fraco da mão de osso e pele que pesa talvez miligramas, mas ainda assim o ancora ali, em pé, olhando para baixo, para o velho que não direciona a cabeça para ele. Apenas a mão em frágil contato.

— Mas escrever o quê, Jorge?

— Elaborei mais um capítulo hoje enquanto você dava a entrevista para a tal revista Ler. Vamos, é preciso

— Escrever, escrever, escrever?

— Não, Enrique. É preciso lançar mais livros.

Embaralhar mais cartas, mais páginas, o jogo não pode parar.

Enrique faz uma volta pelo escritório, apoia-se no encosto da cadeira vazia.

— E depois pensar nas respostas para entrevistas, elaborar conferências e

— Diga: quer sair dessa?

— Mesmo que eu quisesse, trinta anos depois seria como tentar sair de um labirinto.

Ele senta-se na cadeira em frente ao computador e vê o velho friccionar as mãos nos dois sacos de pele que ele ainda pensa serem pernas. Frio ou prazer, Enrique não tem como saber.

— Chistes com labirintos, Enrique. Sei que você pode mais. Mas, veja, pensei também em um textinho curto, tenho saudade de contos, da digressão oral e, bem, pensei em um conto com a seguinte premissa: escritores com a Síndrome de Menard.

Enrique prende o ar na garganta, como se guardasse fôlego para o resto da noite, ou da vida.

4

Enrique esfrega os olhos com as duas mãos, o ambiente está mais claro, algo de sol passa pelas venezianas. Olha para o velho:

— Pronto, Jorge. Terminamos. Mas esse não é para o livro, é?

— Esse podemos *jogar na rede,* como você me

disse que falam os jovens. Assinamos como Ernest Hemingway, que acha? Ou como aquele brasileiro, o tal do Verissimo? O que acha, Enrique?

— Não sei, Jorge. Escolhe tu, por mim está bem.

O velho roça os punhos nos braços da cadeira de roda, excitado. Enrique observa aquele gestual infantil.

— Esse nome do brasileiro tem funcionado muito bem, não, Enrique? Quantas ocorrências tivemos do último texto com o nome dele?

— Não lembro, Jorge. Que tal decidirmos essa parte amanhã? Precisamos dormir, hoje eu tenho que

— Quando chegar na minha idade, você vai ver que se dorme muito menos.

— Ah, acho que não chego aos cento e treze, meu caro Jorge. Nem sei se quero ir tão longe.

— Cento e quatorze amanhã.

— Vou ter que te comprar um presente. A Maria vem?

— Ah, aquelas chatices de homenagens na fundação. Ela deve vir no domingo.

— Então, pronto, vamos dormir. Amanhã o aniversariante tem que estar bem.

— Eu estou. E vou ficar melhor se a gente agora terminar aquele capítulo do romance.

— Mas, Jorge, amanhã eu tenho que, lá na Bernat

— Pelo meu aniversário, Enrique. Para eu dormir com a cabeça um pouco mais descansada.

Enrique toma um gole de água. Olha para a tela do computador. Olha para o velho como se tentasse encontrar algum sinal de sono escondido entre aquele amontoado de rugas.

— Posso fazer só uma pergunta antes?

— E eu posso mentir a resposta?

De algum lugar, Enrique saca um sorriso, tenta rir como se fosse para o velho perceber que ele ainda aprecia o seu humor.

— Anda, pergunte, chico.

— Tu e o Adolfo

— Que tem? Faz tanto tempo.

— Nada. Só eu que, às vezes, fico imaginando se, como posso dizer. Ah, deixa.

— Deixa o quê, chico? Fala.

— Não, o ponto é, digamos, quando vocês, se nos projetos de vocês dois, se tinham em mente fazer algo como o que nós estamos fazendo aqui, agora, há tantos anos. Digo, essa era uma ideia de vocês que não pôde ser levada adiante?

— Não, Enrique, não. Adolfo não gostava desses jogos. Nunca fomos tão longe. Não, não fomos tão longe.

Enrique confirma com a cabeça, abre um novo arquivo no computador.

O que é barco,
o que é casa, o
que é mundo

E um sapo, muito parecido com o que vós conheceis hoje, esticou a língua num chicote mortal, e o mosquito estava engolido, numa cena absolutamente normal para vós que assistis ao National Geografic no conforto do vosso sofá. Mas não para Noé, que, diz o seu Apocalipse — dado como perdido para todo o sempre —, observou o mosquito da espécie zygnatu extinguir-se num lance de gula do batráquio e viu cada detalhe da cena com a mesma atenção de quem impermeabiliza uma arca para um dilúvio. Noé não poderia designar de tal modo, porque tais designações ainda estavam por serem criadas, contudo, seu espanto era o de quem assistia a um desastre ecológico. Ou de quem falhava perante o divino. E foi por isso que, é o que se diz, Naama o encontrou de joelhos, como se rezasse em troca de coaxares, Eu sei que falhei, Iahweh, peço teu perdão por essa tua criação que se foi, eu devia protegê-la para repovoar a terra, perdão, me dê forças para seguir adiante. E Naama, boa esposa, ergueu Noé pelos braços e ouviu a explicação de que o sapo havia comido o mosquito, mas como conter mosquitos, não há jaulas, não há meios, e ele tinha já a impressão de que essa não era a primeira espécie a desaparecer da arca, fazia tempo que não via aquele outro inseto com asas que giram e um bico que não pica, mas gruda-se feito ventosa na pele, e suga sangue deixando marcas, e perguntava à esposa, tão afoito, sem reparar que a mulher coçou o braço e voltou a coçar e, em meio às perguntas se ela tinha visto o tal bicho, se a arca afundaria por culpa dele, ela coçou de novo no mesmo lugar, e então disse que por culpa dele não, mas era tanto o desespero que Noé seguia fazendo perguntas de par em par, sem dar atenção aos consolos da mulher, que ele estava cansado, era preciso se alimentar e descansar. E era apenas o oitavo dia.

E é muito provável que não sabeis ou não penseis que a vitamina D ainda não havia sido descoberta, e não seria em meio ao dilúvio que tal evento científico dar-se-ia, mas Noé sentou-se à mesa, que não era mais do que um ajunte de paus, reunidos como era possível, no terceiro andar da arca; e sentou-se e olhou para a tigela e então para seus filhos e para as noras e para sua própria esposa e, de novo, para sua tigela, e a pintura ainda não havia sido inventada, mas, neste jantar de família, nesta reunião sagrada ao redor da mesa de jantar, como numa casa qualquer, Noé mais pareceria um proto-pintor mirando sua tigela-aquarela recheada com um mingau pastoso feito de todas as cores entre o bege desmaiado e o quase-branco e comparando com os rostos à sua frente, conferindo que o tom estava perfeito. E é referido que nessa hora, ou em outra, Noé repetiu a frase Reúne todo tipo de alimento e armazena-o; isso servirá de alimento para ti e para eles. Repetiu e ruminou mastigando ou fazendo o que era possível com aquela papa na boca, Todo tipo de alimento. E indagou Naama se não tinham tomates, ou cenouras, ou alface, e a esposa respondeu, como quem dá bom dia, que já haviam apodrecido e tinham virado alimento para alguns pássaros, iecubás, rinomutes, ratos, esfilges, e Noé, capitão da nau cujo único destino é navegar, talvez achasse que não tinha tempo para listas, era preciso encher a barriga, mesmo que com uma papa cor de filhos e noras descoloridos. Ou levantar-se e ir ver que barulho era aquele entre os animais. E esse foi o décimo terceiro dia.

E esse poderia ser chamado de o primeiro zoológico da humanidade; ou de primeiro cruzeiro marítimo ao redor do mundo; mas nada disso existia, e Noé deve ter feito força para pensar naquilo como uma casa. É onde vive, sobrevive, onde reúne a família, onde está tudo o que tem. Inclusive a culpa, despertador intermitente que tocou de novo, e ele se revirou sobre as palhas e evitou o contato do seu corpo com o corpo de Naama, porém esticou o braço, passou a mão sobre a coxa da esposa, veio subindo, contornou um osso saliente do quadril, passou os dedos na fileira de costelas um tanto evidentes demais, como um prisioneiro, no futuro, em prisões de grades de ferro, sentirá as barras ao passar os dedos pela fronteira com a liberdade — mas Noé não sabia de prisões, ou sabia —, recolheu o braço e usou a mão para tocar no seu pau duro, que cresceu, mas não multiplicará, assim sozinho; voltou-se para a mulher; homem de seiscentos anos tem desejos, estava evidente nos gestos, em especial nos involuntários, mas fazer filhos, mais filhos, naquela situação, seria esse o desejo de Deus, o tal que, desde que o barulho constante da chuva tornou-se um segundo silêncio de tão presente, nunca mais fez-se ouvir? Noé deve ter pensado nos seus parentes, todos já afogados, é provável, e nas conversas, histórias sobre antepassados, as imprecações à boca pequena ao frouxo do Adão, dizem que ele foi o primeiro a sentir vergonha. Noé sentou-se na cama. Se não fosse o velho Adão, talvez ainda estivessem no paraíso, mas não estão, não há como negar, e levantou-se e caminhou pelo que é quarto no que é barco, no que é casa, no que é mundo e encostou o ouvido ao que de um lado é parede, do outro, casco. Ouviu ventos, água fuzilando, querendo desobedecer a vontade divina e invadir a arca e matar de vez tudo o que é vivo; ouviu um tremor na barriga, ouviu sua própria voz pedir um sinal e não ouviu mais nada. Um trovão. Um trovão. E esse foi o décimo quarto dia.

E quando estais em meio à tempestade, navegando num oceano que é do tamanho do planeta e não para de encher, o mais provável é que aceiteis que o natural é viver num eterno balanço, que o chão é uma gangorra, e que o equilíbrio se vá justo quando surgir a estabilidade. A barca então balançava e havia momentos em que Noé nada tinha a fazer. Já sem distinguir dia da noite, respeitando o fuso do próprio corpo, ele, quando acordado e sem rugidos assustadores, descansava. Sentou-se num toco de madeira, olhou para o teto também de madeira, calafetado com betume, por dentro e por fora, como manda o figurino e o versículo bíblico, e contemplou a própria cocriação. Num particular céu escuro não encontrou um brilho, não via estrelas, tampouco sinal de gota invadindo o ambiente, e é dito no seu Apocalipse, e é de se acreditar, que Noé viu que isso era bom, talvez ótimo. E viu seu filho de nome Sem surgir naquele ambiente que seria a sala de estar na caixa de madeira. E então era como se estivessem em terra firme, na velha casa, o filho jovem, aos oitenta anos, a pedir conselhos para o pai, o justo homem que conversava com Deus. E Noé disse para Sem chegar mais perto, e Sem chegou e disse que tinha uma pergunta para fazer ao pai. Noé puxou da barba como se fosse possível esticá-la ainda mais e confessou ao filho, Acho que o pai não me ouve mais, e viu o filho sorrir, desde quando o filho não sorria e colocava a mão no ombro do pai e dizia, avisava-o, que o pai era ele, o Noé, ali sentado, cansado de salvar quase todas as espécies que respiram. E Noé, esquecendo todos os filhos adotivos espalhados arca afora, ouviu o sangue do seu sangue:

— Pai, por que não pescamos? Precisamos comer mais coisas além de grãos e farinha, estou fraco.

E parece que vós, ao concordardes com a estúpida pergunta do jovem Sem, não lestes a bíblia, o estúpido Sem não poderia tê-lo feito, porque não sabia ler, tampouco havia o livro sagrado, mas vós sabeis que Noé, tudo o que Deus lhe ordenara, ele o fez, e que, com a paciência de quase vinte dias navegando sem porto para chegar, só pode ter respondido ao filho, Iahweh fechou a porta por fora. E voltou a olhar a impermeabilização perfeita de toda a arca e a se admirar com o sucesso do empreendimento. E talvez com a estupidez do seu filho. E esse foi o décimo sétimo dia.

E ainda era o décimo sétimo talvez dia, talvez tarde, talvez noite, Noé jamais saberia registrar, mas agiam todos como se noite, em volta mais uma vez do que aprenderam a chamar de mesa de jantar, em volta do que tentavam se acostumar a entender como jantar, alimento, comida, sabor, não olhavam para a refeição, observavam-se com olhos desviantes, como se também houvesse na arca uma árvore do pecado original, como se houvesse um segundo pecado original e isso não fosse um paradoxo, e houvessem todos ali pecado. Noé conseguiu firmar o olhar, quem sabe recordou-se de uma conversa pré-diluviana, Entra na arca, tu e toda a tua família, porque és o único justo que vejo diante de mim no meio desta geração, e se lembrou disso, e, por certo, ainda ouviu em seus pensamentos, De todos os animais puros, tomarás sete pares, o macho e sua fêmea; dos animais que não são puros, tomarás um casal, o macho e sua fêmea (e também das aves do céu, sete pares, o macho e sua fêmea), para perpetuarem a raça sobre toda a terra. E olhou a própria família e, desde há pouco, também humanidade e contou um, dois, três, quatro pares, nem apenas um par, nem sete pares. Deve ter concluído que não, ao redor da mesa não estavam animais, Entra tu e toda a tua família, porque és o único justo, e, único justo, na falta de um Deus para fazer bons lembretes naquele agora, quem sabe até Deus já afogado, Noé abriu a boca e não foi para comer a papa.

— Se abríssemos, e eles entrassem, a arca poderia inundar. E mesmo que não inundasse, em pouco tempo, nossa escassa comida acabaria. Morreríamos todos.

E se a ideia era emprestar alguma alegria, alguma esperança, ou dissolver o constrangimento, ele não conseguiu, os olhares baixos de todos ao seu redor disseram que todos, como ele, deviam estar pensando na grande batida contra a arca, um som diferente da explosão líquida da onda, da força demoníaca do trovão, uma batida de madeira contra madeira, como a do banco que Cam ajeitou contra o piso em busca de conforto, a grande batida, como mil bancos ajeitados de uma vez só, e depois uma sequência de pequenas, mas fortes, pancadas contra a arca, barulho que todos já deviam conhecer, todos já haviam dado tapas contra a parede da arca perguntando Por quê, Iahweh, mas era do lado de fora que vinha o tapa, o desespero, e por trás, por cima, misturando-se, vozes, muitas vozes, em descoro, em confusão, Abre, Socorro, Piedade, Por

Deus, e, por esse último, é o que ele quis acreditar, Noé disse para os seus, Nenhum passo, não façam nada; e os tapas, os socos, mais uma grande batida e, finalmente, o conhecido som da pancada líquida da onda contra a arca, um balançar mais forte, um desequilíbrio acentuado, e um silêncio humano, apenas animais e ventos e água e algum alívio. E era o décimo sétimo dia.

E então Noé, que era responsável pela preservação dos tigres e das aranhas, dos gansos e dos uluetês, das vacas e dos plinis, dos cachorros e dos ursos, e que se desesperou e quase amaldiçoou a mulher de seu filho Jafé quando a viu, descuidada, pisar sobre um minúsculo ribolinho que rastejava perto da mesa, então Noé precisou lembrar que também era responsável pela perpetuação do bicho feito imagem e semelhança, o homem. E lembrou em desespero ao ouvir gritos, não, a memória veio só depois dos gritos, veio com a visão das noras, ensanguentadas, carregando Sem, ainda mais ensanguentado, e O que houve?, correu Noé, O que houve?, e as noras contaram que Sem estava dando a mínima ração possível para uma zebra, naufragado no burburinho que só a reunião de quase toda a fauna é capaz de produzir, onde não se distinguem relinchos de cantos e muito menos do riso de uma hiena, do passo de uma hiena, do ranger da mandíbula de uma hiena quando se abre e se fecha sobre uma coxa, a de Sem, nesse caso, que produziu um ruído novo na balbúrdia, um berro de horror que despertou novos berros e outra hiena esfomeada, e as noras de Noé que alimentavam pássaros, mas passaram a defender um homem com chutes, tapas, medo e agonia e conseguiram afastar os bichos esfomeados da pouca carne de Sem e o arrastaram como puderam até o terceiro andar, onde contaram a história para Noé, que certamente lembrou que essas mesmas hienas, que escaparam por uma fenda aberta provavelmente por um roedor, haviam devorado o casal de pereceus, e recordou que, ao ver a cena, os animais extintos, só ossos, pensou Iahweh quis assim, espero, e olhou para o filho ferido, para as mulheres em desespero e, antes de lembrar que também era responsável pela preservação do bicho imagem e semelhança, pensou em um tempo mais antigo, quando sabia o que Iahweh queria, porque ele lhe dizia, porque Noé perguntava e obtinha respostas. E então, pensando num torniquete, no que usar para estancar a ferida de Sem e salvar não um filho, mas um oitavo da humanidade, viu passar ao seu lado, rastejante, uma das serpentes, maldita entre todos os animais domésticos e todas as feras selvagens, e não, não sabia mais o que Iahweh queria, salvar todos, mas até ela, e bateu firme com o pé no chão, ninguém saberá se por querer ou sem querer, rente à assustada serpente, e então Noé olhou para cima e não havia uma infiltração no seu belo trabalho, mas ainda assim uma gota pingou do seu olho direito. E era apenas o décimo nono dia.

E se, exaustos de defender a vida da própria vida numa arca que não é casa e não é floresta e tem que fingir ser mundo e esperança, esqueceis o cheiro da bosta e do mijo de sete pares de todos os animais puros e de um par de todos os animais que não são puros, e esqueceis que vosso filho, imagem e seme-lhança vossa e de quem vos botou nessa, manca e sufoca dores, e esqueceis que é impossível enjaular roedores em arcas de madeira, e esqueceis que ten-des fome e não dormis mais do que uma hora por vez, e esqueceis que andais com tochas por medo de hienas e feras à solta, e esqueceis que esqueces-tes do sol e do vento, e esqueceis que já não estão vivas todas as espécies que ali estavam quando a arca zarpou, e esqueceis e esqueceis e esqueceis por um instante, talvez estejais mais perto do para-íso. Ou com vossa esposa abocanhando vosso pau, como Naama fez com Noé, e ele não sentiu mais vergonha disso, nem de nada, nem de tudo. E não sentir vergonha também é estar perto do paraíso. E era apenas o vigésimo primeiro dia.

E Iahweh é mau engenheiro, pensaria Noé, acaso soubesse o que é um engenheiro. Porém é certo que ele pensava que ali faltava espaço. Ou sobrava tempo. Ou faltava alimento. Ou sobravam animais. O certo é que havia algum erro de cálculo. Divino, mas ainda assim um erro. Nada mais explicava a visão do mamute dando testaços contra as grades de madeira e a viga do espaço que lhe cabia naquela casa. É claro que Noé não anotou semelhante metáfora no seu dito perdido Apocalipse, mas manter um mamute enjaulado numa arca de trezentos côvados de comprimento por cinquenta de largura é como vós criardes um pastor belga dentro de uma quitinete sem direito a uma descida sequer para as necessidades. E as necessidades do mamute são grandes e enorme é seu cheiro e, mesmo assim, Noé, ladeado por Sem, Jafé e com Cam às costas, observou o mamute cabecear a viga mais uma e duas e três vezes e pensou Onde foi que eu errei, se não foi ele que errou. E com seus filhos carregou, lento, braços trêmulos, uma gamela cheia com uma infusão de ópio, funcho, melissa e outras ervas. Chegaram muito perto do mamute e olharam-se uns aos outros quando deveriam mesmo era olhar o bicho que já rachava um pedaço de uma grade, bicho cujos marfins invadiam o espaço externo como lanças de ataque, mas os quatro se olhavam. E Cam disse que isso até poderia dar jeito, mas e depois, quando os leões, os túbulos da montanha e tantos outros se revoltassem como o mamute, e eles sabiam que isso aconteceria mais cedo ou mais tarde, outros bichos já vinham dando sinais de descontrole, as hienas estavam aí soltas, os castores, juiucás; e Noé mandou o filho calar a boca e, com a voz fraca de um faminto ou descrente, disse Iahweh sabe o que está fazendo, cala a boca, mas Cam agora era o mamute, não, não era, porque o mamute deu mais uma cabeçada, e Cam também: perguntou onde estava a prova de que ele sabia o que estava fazendo, por acaso pretendia ele repovoar a terra com moscas e ratos que se multiplicavam como milagres no meio daquela imundice? E tomou um tapa de Noé, que golpeou os outros filhos com os olhos para que se calassem também, talvez querendo dizer aos três que já bastava ele, Noé, filho de Lameque, filho de Matusalém, saber que algo estava errado ali, que Iahweh havia acertado muito, como negar, tudo o que de espetacular já haviam visto, mesmo esse mamute, uma criatura sublime, mas era evidente, Noé já sabia, Iahweh, com esse dilúvio, desmanchando toda a sua criação, estava ou não estava admitindo um de seus erros? Se não houvesse errado, precisaria desfazer, refazer, fazer arcas e infusões para mamutes? Mas Noé guardou todas essas palavras para seu Apocalipse. Para os filhos, apenas o olhar e a liderança e Vamos arrastar a infusão com cuidado, atenção, agora, rápido, que ele recuou, e empurraram a gamela cheia de líquido e ervas para dentro da jaula do tresloucado mamute, que cabeceou mais uma, duas, três, quatro, cinco vezes a viga de boa madeira, que resistia como se portasse uma missão divina, e então, exausto do exercício, movido por instintos, ou, por que não, por algo maior, a besta observou a gamela, aproximou-se, cheirou, e o mamute viu que era bom e bebeu. E bebeu. E bebeu. E Noé e seus filhos beberam daquela cena, contemplaram o animal se esbaldando, suas pernas afrouxando e um último baque, seco, estrondo, não com a cabeça contra a madeira, mas com todo o peso do corpo. No chão. O mamute adormeceu. E esse era apenas o trigésimo dia.

E vós frequentastes escolas, coisa que ainda não havia naquele tempo, acessais wikipedia e google e julgais óbvio que as formigas que trabalham têm o ventre seco, não multiplicam como a rainha, apenas trabalham, mas Noé de nada sabia e, ofegante, seguiu um trilho de insetos, caminhou por toda a arca, viu que no sentido contrário vinha outro trilho delas, trazendo farelos, grãos, coisas indiscerníveis mesmo para Noé de cócoras, que, abaixado, aproximou os olhos, está dito, até perder o foco, borrar a visão, talvez por excessiva proximidade, como um dia dirá a ótica, ou por baixa pressão sanguínea, como um dia dirá a medicina, ou por estafa, como devia sentir Noé, mas certamente movido por Elas estão comendo tudo, não vê, como pouco antes disse Naama. E Noé levantou e seguiu sua jornada junto do trilho das que ainda nada carregavam. Desceu uma escada, caminhou mais. Parou para descansar, certo de que não perderia o interminável trilho. Pensou nas palavras de seu filho? Imaginou o mundo povoado por, Deus queira, oito humanos e milhões de moscas, ratos e formigas? Isso não ficou registrado. E ele seguiu a correnteza do pequeno riozinho e chegou aonde obviamente chegaria, no depósito de alimentos, onde ainda havia algum mantimento não apodrecido, e, mesmo que nada podre estivesse lá, Noé levou a mão ao estômago, enrugou a expressão numa ânsia, assoprou o cheiro que havia aspirado, o mesmo cheiro das duas refeições de ontem e anteontem e anteanteontem. E disse Obrigado, Senhor, por ainda nos permitir ter alimento para seguir tua missão e não disse, mas registrou depois, que pensou Por que não me alertaste para o deterioramento de todas as coisas? E, ao terminar de dizer a frase, viu que as formigas não agradeciam a ninguém, não perdiam tempo com o espírito e formavam cascas novas para o milho, para o trigo, para a aveia, que pareciam grãos escuros envoltos pelos pequenos bichinhos que Noé não conseguia entender que função teriam no novo mundo a surgir, e agachou-se novamente e talvez tenha desejado adormecer e só acordar no novo mundo, mas, se a questão fosse a sua vontade mesmo, não haveria arca, não haveria dilúvio, não haveria depósito nem o eco de Naama, Pior do que comer isso é não comer, já teríamos morrido, e ela tem razão, Iahweh só podia ter um plano quando colocou essa mulher na sua vida, e, então, agachado, Noé pode ter sido um pré-Da Vinci; e pode, com o que lhe era possível àquela altura do tempo e dos fatos, ter imaginado ou pelo menos sonhado com o microscópio para distinguir formigas em suas peculiaridades. E, como um louco encarcerado numa cela no meio do oceano, torturado, sem diferenciar dia da noite, com sons intermitentes e fome, ele conversou com as formigas:

— Queridos irmãos e irmãs da criação divina, poderiam me dar um sinal, quem é macho, quem é fêmea nessa procissão? Um de cada gênero poderia parar aqui do lado, só um macho e uma fêmea?

E não julgueis Noé, ele precisou acreditar que era possível conversar com Deus, ele precisou construir uma arca, ele viu os animais virem até a arca, ele sentiu o mundo virar só água e um barco, logo ele teve como acreditar que formigas, de algum modo, podem responder. Mas elas não respondem, e Noé, num sincretismo avant-garde, encostou a testa no piso, como se tivesse ajoelhado para Meca, e pediu Iahweh, um sinal para que eu não cometa uma injustiça, para que seja o mais justo da minha geração. E as ondas, a chuva, os animais, e se havia algum sinal aí, Noé não compreendeu. Porque deu as costas ao depósito de alimentos e fez o caminho contrário, andando muito perto da linha de formigas, seu pé esquerdo a menos, muito menos de um dedo do trilho, passos angustiadamente lentos, um por vez, pisando com toda a sola da sandália, como se quisesse imprimir pegadas perfeitas, e assim Noé caminhou até ver Jafé e parar e dizer Jafé, venha cá, meu filho. E Jafé veio, e Noé moveu-se meia mão para a direita, abraçou o filho com seu braço esquerdo, quase olhou para baixo, mas fez força para encarar o filho e, com um passo, incentivou o outro a caminhar, E então, meu Jafé, não temos conversado, como é que estás, tua mulher, sei que os dias têm sido difíceis, não, não precisas parar para falar, Jafé, caminha comigo, caminhar faz bem para as ideias, faz bem, meu bom e inocente Jafé. E era apenas o trigésimo sexto dia.

E nunca pensastes que mais de um mês dentro de um oceano chamado mundo, debaixo de uma nuvem que é o próprio céu, cercado por uma atmosfera que poderia se chamar vento, faz a temperatura cair, mesmo dentro de uma caixa de madeira onde oito pessoas habitam? Noé não pensou sobre isso. Sentiu. E, à mesa de jantar, porque talvez os rituais domésticos sejam o último recurso para transformar algo em lar, tentava conter o movimento da mandíbula que se movia contra a sua vontade, parecia querer mastigar algo mais mastigável do que a papa, e conseguiu conter o tremor da arcada para fixar o olhar no lugar vago à mesa e então olhar para Jafé e perguntar Mas onde está a tua mulher, aqui nesta casa fazemos todas as refeições juntos, e viu o seu filho baixar o olhar e, por que não, repugnado pelo prato de refeição, preferir erguer a cabeça e encarar o pai inquisidor. O filho de Noé então disse que ela preferiu não levantar, ele bem que insistiu, mas ela não teve forças, Peço permissão para levar um pouco de alimento para ela. Noé, como se fosse o pior dos homens, balançou a cabeça na forma de um não, mas contradisse seu movimento ao esticar o braço como uma seta, num Vá mudo. E Jafé levantou e foi unir-se à sua esposa e então eram dois lugares vazios na mesa onde a família deve se reunir para lembrar que são família, que isso vai passar, que são os eleitos, que isso é uma graça divina. E consta que Noé só saiu da hipnose provocada pela visão da lacuna entre os seus por conta de um som repetitivo vindo da altura dos seus pés. Viu um castor roendo o seu banco e logo ele já não roía mais e fugia porque chutado por Noé, que olhou para o mais perto de céu que possuía, o teto da arca e, num dilúvio próprio, chorou e pediu perdão e o recebeu. De Naama, que apertou sua mão e disse Vamos comer, é preciso, mas Noé não conseguiu comer, porque, antes que levasse o alimento à boca, as palavras de Cam chegaram-lhe aos ouvidos Por que não comemos a ração dos bichos, há alguns que estão mais fortes e descansados do que nós. E Noé, com vigores de homem da casa, esmurrou a mesa para não partir a cara do filho ao meio e então limpou um fio de saliva que escapou do canto da boca e depois apontou a acusação de um dedo, Então és tu, traidor, quem tem comido a comida dos animais, pensas que não percebi? E ouviu Cam responder ao próprio pai que, se ele estivesse comendo, não pediria ao pai, por que sempre o acusava? E Noé, messianicamente em pé, apoiou as palmas das mãos sobre a mesa e perguntou, não para Cam, mas para todos, se não entendiam a missão que a eles Iahweh havia delegado, todos os homens estavam mortos, menos eles, preferiam estar afogados, todos vocês? E não encontrou nenhum olho contra os seus. E preferiu engolir algum ar e calar-se. E sentou ordenando, Comam e agradeçam a Iahweh. E Noé comeu em silêncio. E esse era apenas o trigésimo oitavo dia.

E já era noite, ou o que o cansaço os fazia chamar de noite, quando todos se recolheram aos quartos para tentar dormir e evitar desmaiar, tentar descansar e não morrer. E Noé viu sua esposa tirar forças e vontade sabe-se lá de onde, eis que ele mesmo registrou crer já não mais tê-las, mas viu a mulher deixar a túnica cair no chão e fazer o mesmo com as vestes de Noé. E era frio, mas ela parecia querer dizer que isso não importava. Porém, Noé olhou para as suas próprias costelas, tão expostas, quase como se a pele ficasse por trás delas. E olhava as costelas e não estava procurando uma Eva para animar a história, mas reparava, como há tempos não fazia, na sua magreza e pensou: Será que ele quis assim? E quando levantou o olhar e observou sua esposa, deve ter acreditado que ela fez o mesmo percurso ocular, porque, ora, os dois estavam nus, o homem e sua mulher, e se envergonhavam da sua condição famélica, dos seus corpos que não mereciam mais essa designação, porque corpo pressupõe carne, além de ossos e pele. Mas Naama apagou uma das tochas que mantinham acesas, apesar do protesto Há uma hiena e um priúbo soltos, e abraçou seu marido, que sentiu o bater de osso com osso, mas aceitou, e deitaram-se e dormiram. E esse ainda era apenas o trigésimo oitavo dia.

E algo que certamente não sabeis, a despeito de todos os ditos avanços que houve desde o dilúvio até o momento em que ledes isto, é que quarenta dias e quarenta noites são figura de linguagem, essa é uma anotação a posteriori, ninguém disse a Noé sobre quarenta ou trinta e nove ou quarenta e um, e ele deixou isso muito bem registrado no seu Apocalipse, que dizem que foi perdido, mas não é bem assim, e mesmo que alguém houvesse alertado Noé que Choverá por exatos quarenta dias e quarenta noites, o que são quarenta dias e quarenta noites sem relógio, sem ver mais do que madeira acima da cabeça e abaixo dos pés, e ao redor animais em desespero só não maior do que o desespero humano? As coisas, num dilúvio, não são tão exatas assim. E Noé e todos lá dentro haviam perdido há muito a noção do tempo, aquilo que deveria ser uma grande casa ou um pequeno mundo também, por vezes, é certo, transformava-se numa cela solitária paradoxalmente coletiva e a repetição das gotas contra a madeira, da onda contra o casco, do uivar, do coaxar, do grunhir, do relinchar, do matraquear, do roer, do bicar, do trezezer, do gorjear, do silvar, do latir, do ruaçar, do zunir, do rugir, do zerguir, do mugir tortura, tortura, tortura sem um torturador ao alcance dos olhos para ser odiado. E como alguém vai saber se são quatro-e--vinte ou quinze-para-as-onze numa hora dessas? Numa vida dessas, em que, quando não se tem problemas, se tem apenas o tédio, e não é o mesmo tédio em que pensais, com controle remoto e internet, onde pelo menos podeis variar de um tédio para outro. Sequer a Bíblia para ler e apaziguar Noé e Naama, e Sem e Cam e Jafé e suas esposas, e contar-lhes que Deus, esse que os fez diminuir nesse dia a ração pela metade, e os fez reunirem-se em torno de uma perigosa fogueira dentro de uma arca toda madeira, e fez Jafé e a mulher não virem mais uma vez para o jantar, que esse Deus fará, porém Noé não sabe, o próprio filho nascer não numa arca, mas numa manjedoura do tamanho da área ocupada pelos inquietos bisontes na embarcação casa mundo, que balança e balança e balança e balança tanto que faz todo dia ser o mesmo desgraçado dia só que um pouco pior, e quarenta dias ou quarenta séculos de firmamento rasgado, o céu feito cachoeira, dão igual quando, como confessou Noé a Naama antes de deixarem a mesa, Não se pode sequer desejar morrer sem a culpa de interromper o trabalho de Iahweh. Ela levantou e disse Vem, e ele disse Já vou, e no espaço de tempo que dura um já, Noé, que não sabia mais nada sobre o tempo, durante esse pequeno já, possuía apenas uma precisão cronológica e confessou-a baixinho, talvez para alguém ouvir: a coisa, fosse 1º de junho ou 15 de agosto, tinha ido longe demais. E esse era apenas o trigésimo nono, ou quadragésimo, ou quadragésimo quinto dia.

E ventava tanto e tão forte que Noé reparou escutar somente os uivos do vento sobre o dos animais e sobre a chuva e Noé viu que isso era bom. Ótimo. Sem tocha; no lugar dela, carregava um enorme cutelo, talvez a desafiar as hienas, os priúbos e a pantera, que também agora andava solta, Não tenho medo do escuro, enfrento vocês, podia ser o recado de Noé, um passo lento, depois outro, sem olhar para baixo, para ver onde ou em quem pisava. Contudo, desviou o caminho que fazia pelo corredor. Entrou na porta de um dos quatro quartos localizados no terceiro andar e, segurando firme o cutelo, aproximou-se, camuflado pela farra do vento, daquele esboço de cama onde dormiam Jafé e sua esposa. E viu que mais do que dormir, seu filho e a futura mãe de seus netos tremiam e abraçavam-se muito para, talvez, somar seus poucos calores. Noé observou os dois e desejou Que Iahweh esteja com vocês e, como um pai que deixa a casa ainda na madrugada para ir trabalhar, com os mesmos passos lentos e acusticamente discretos, deixou o dormitório. E fez o mesmo movimento, a mesma entrada, a mesma observação, o mesmo desejo no quarto onde tremiam Sem e sua mulher. E depois para Cam, que não abraçava sua encolhida esposa, porque parecia ter sonhos difíceis. E entrou no próprio quarto, talvez tenha sido tentado a se deitar e aquecer como pudesse o fiapo humano de nome Naama, mas não, não deitou. Ficou um tempo em pé, demonstrando resistência, olhando a mulher, pensando em como daquele corpo saíram três filhos, em como aquele corpo já havia sido quase dois daqueles, e deixou o próprio quarto e tomou o corredor que era todo um silêncio, que não era silêncio, era apenas a hegemonia de um ruído sobre todos os outros: o vento, como se uma outra arca, habitada apenas por lobos, coiotes e raúnes, houvesse atracado do lado de fora e, em coro, todos os animais uivassem, pedindo para entrar. E era tal o uivo que a arca balançou mais um pouco, mas Noé quase nada se desequilibrou, habitante de terremoto que há muito tinha se transformado. Nem mesmo na descida das escadas teve maior perda de estabilidade, a não ser quando quase exterminou uma caranguejeira que saltou no seu pescoço, mas ambos sobreviveram. Deixou o último degrau para trás, aproximou o cutelo do rosto e, com a outra mão, com o indicador, testou o fio da lâmina, e a gota de sangue que escorreu ao quase não-toque era o sinal de aprovado. Por isso ele avançou e olhou uma jaula, depois outra e mais outra e mais outra e então parou em frente aos coelhos. Já não eram apenas um casal, isso era fácil de Noé constatar pela superpopulação carcerária atrás daquelas grades roídas por dentes nervosos. Observou os dois coelhos maiores, provavelmente o patriarca e a matriarca. Enfiou a mão livre dentro da jaula e, sem dificuldades, pois não havia espaço para corridas ou fugas, ergueu um pelas orelhas, esperou que o bicho parasse de se debater e, quando tudo acalmou, segurou-o por mais um tempo, o olhar de matemático perdido em qualquer direção. Soltou o cutelo e mediu o animal com um palmo. E então Noé estalou a língua contra os dentes e soltou as orelhas do animal, que caiu sobre sua prole. E algo passou correndo aos pés de Noé, talvez um castor, talvez um rato, talvez um xenós. Porém, ele não deu importância, juntou o cutelo e avançou sem dar atenção às jaulas dos outros roedores. Com passos um pouco mais rápidos do que até então, chegou perto de jaulas maiores que as dos coelhos, nem por isso menos apertadas para seus habitantes leões, bisontes, mamutes, iguaras, vacas, girafas, elefantes, uluetês, tantos animais de grande porte que faziam daquela arca, que poderia ter sido uma mansão, um apertado e fétido cortiço. Noé parou e observou todos os bichos e, talvez para não acordá-los, sussurrou, Um só, um só sinal. Um pássaro passou voando e não especificou se era um sim, um não, seja lá qual fosse a resposta que Noé procurava. E não precisais haver lido o Apocalipse de Noé para imaginar, com uma boa dose de acerto, o que indagava esse homem ao observar alguns dos casais de grande porte abrigados da tormenta sob o teto que ele e seus filhos ergueram. Ele não sabia que esse mesmo Deus que pediu a preservação de todas as espécies há uns milhões de anos, talvez também insatisfeito com a sua criação de então, havia, ops, deixado cair um meteorozinho na terra, extinguindo, dizem, a melhor geração de dinossauros que tinha passado pelo planeta desde o triássico, mas Noé não sabia disso e não tinha como saber, de Iahweh só sabia o que ele lhe dizia, e, portanto, Noé olhava para esses casais que não procriam rápido como as formigas e as moscas e perguntou ou desabafou, Qual deles, Iahweh, e caminhou na direção da jaula dos bovinos e parou junto de uma vaca, passou a mão sobre seu couro. E sua cabeça, a de Noé, para lá e para cá, disse Não. Deu as costas para a vaca e olhou os bichos do outro lado. Bafejou uma das mãos, a mesma que pôs na cintura, onde sentiu o osso pontudo do seu quadril e talvez o da sua esposa, e o de seus filhos e de toda a humanidade contida naquela barca e, pela primeira vez nessa noite, madrugada, fosse a hora que fosse, caminhou com passo decidido. Um mamute dormia embalado pelas infusões que começavam a rarear. Mas dormia. E Noé certificou-se, cutucando o bicho com o cutelo, e ele não se mexeu, e Noé viu que isso era bom, talvez ótimo. E ainda disse para quem quisesse ou pudesse ouvir, Não sei o que tu queres de mim, Iahweh, qual é a grandeza de ver minha família definhar, de morrer sabendo-se o último filho teu? Que missão é essa, era eu afinal o mais injusto entre os injustos e tu me puniste? E o silêncio, e o balbuciar de Noé, De tudo o que vive, de tudo o que é carne, farás entrar na arca dois de cada espécie, um macho e uma fêmea, para os conservares em vida contigo, e a pergunta de Noé, Mas e agora que eu tenho que escolher?, e a ignorância de Noé, que não sabe que, um dia, esse Deus, que não se faz ouvir mais alto do que o vento, dirá para um descendente de Noé, Toma teu filho, teu único, que amas, Isaac, e vai à terra de Moriá, e lá o oferecerás em holocausto sobre uma montanha que eu te indicarei, e talvez por essa ignorância feita de perguntas sem resposta, de incapacidade de saber o futuro, a respiração acelerou, ele olhou o próprio braço tremer ao cutucar o adormecido bicho de pelos quentes e marfins brancos, e, como olhasse para uma e outra parte, assim como fará Moisés, e visse que ninguém estava ali, fechou os olhos, levantou o cutelo com os dois braços e sentiu sobre eles o peso da culpa, o peso da fome, o peso da família, o peso da dúvida, peso demais sobre dois braços humanos, que caíram, obrigando Deus a inventar o livre-arbítrio, esse álibi divino, no momento em que a lâmina rasgou a jugular do penúltimo mamute da história, que soltou um grito, abafado pelo uivo do vento. E Noé não fazia ideia de que dia era e de que vida era essa.

E Noé acordou não com urros de mamutes, nem com a força dos ventos, mas com mãos o chacoalhando, olhos arregalados na sua direção e ainda, apesar de ver, levou um tempo a acordar e a discernir sílabas que há algum tempo queriam dizer seu nome e saber se estava bem, e por que tanto sangue, e o que fazia ali, e o que se passava. Então, com as forças que ainda tinha, Noé levantou-se e viu o resultado do esforço que o tinha derrubado no meio da jaula dos mamutes: peças e mais peças de carne, mantos de pele, sangue e gordura dando novas cores ao piso da arca. Olhou-se e se viu, como um camaleão, quase das mesmas tonalidades do chão, mas não achou que isso era bom. Passou as mãos nos braços, quem sabe crendo que a sujeira sairia assim de si, mas estava enganado e então olhou para os outros seis seres humanos ao seu redor e Noé disse, Armazenem essas carnes do melhor jeito possível, limpem essas peles e levem para os quartos. E todos os outros se calaram. E Noé prosseguiu, E seja o que Iahweh quiser, preciso me limpar. E esse era o primeiro dia em que não chovia, mas ninguém percebeu.

E é verdade que houve náuseas e vômitos, depois do primeiro contato com a carne. Mas também é verdade que ela era saborosa, revigorante e macia e que talvez Noé tenha inventado sem saber a técnica da pecuária de confinamento, que produz bichos flácidos e bifes tenros. Mas é verdade também que houve risos, alguns talvez nervosos, à mesa e houve sopa de tutano para revigorar a mulher de Jafé e até ossos foram surgindo para alguns dos mais fracos espécimes carnívoros. E quase não houve tempo, em meio ao deslumbramento que é aplacar uma fome, para um ouvido mais aguçado, o de Jafé, alertar primeiro ele mesmo da novidade;

novidade que fez questão de dividir com todos à mesa, que Parece que não escuto mais a chuva. Os movimentos ansiosos pela carne ali servida desapareceram, assim como as palavras. Noé se levantou e correu até uma das paredes, onde encostou o ouvido. Sem subiu em um toco de madeira para ficar mais próximo do teto, todos faziam força para ouvir um pouco mais, como se isso fosse possível, e Noé virou-se para a família e disse que Jafé parecia ter razão, mas o vento e as ondas eram fortes demais para se ter certeza. Ainda assim era uma esperança. E era melhor ter esperança aquecido, ao lado de sua esposa, debaixo de um cobertor de peles, como fez Noé, recordando esse glorioso dia e se perguntando Será que enfim Iahweh lembrou-se de mim e de todas as feras e de todos os animais que estão comigo na arca? E então adormeceu. E esse era um dia novo.

E Noé não sabia que Deus fez o mundo em sete dias; talvez, se soubesse, pensaria que ele levou bem mais tempo para destruí-lo. Sem saber disso, como uma família reunida numa noite de Natal ou de Ação de Graças, coisas que não existiam, mas com todos ao redor da mesa, restava comentar as diferenças de sabor percebidas na carne esbranquiçada de um iugbar roxo e ouvir Jafé dizer que preferia as carnes vermelhas, como as dos rubunutes que haviam provado um tempo atrás. Noé concordou com o filho, chupou um ossinho, jogou para o cachorro ao lado da mesa, que criavam solto desde que tinham prendido a hiena e experimentado a carne dura e fibrosa de um priúbo, que, de tão rígida, acabou dispensada, virou alimento dos felizes leões e tigres. Noé, num ato falho, disse que a casa ficava cheia de alegria com todos fortes, novamente reunidos ao redor da mesa. E talvez sem medo do pecado, crendo-os absolutamente sozinhos no mundo e na criação, pousou a mão sobre a coxa carnosa de Naama e olhou para ela e sorriu e viu que toda essa carne era muito bom. Era ótimo. Mas também não vades pensar que se trata de conto de fadas o que se passou. O mundo ainda se resumia a cento e cinquenta mil côvados quadrados cercados de água por todos os lados, e a ideia de preservar as espécies, se um pouco flexibilizada, ainda era firme. Noé, a cada estocada, pedia perdão a Iahweh, e repetia Perdão e concentrava-se com todos os sentidos e percebia a diminuição progressiva do vento e do balançar da arca, como se, em vez de oceano, o mundo estivesse, milímetro a milímetro, se convertendo num lago. E isso, se não apaziguava a culpa de Noé, como ele mesmo registrou, permitia exercitar a milenar sabedoria do esquecimento, ou, isso ele não disse, como um general, entender que a guerra da sobrevivência também exige baixas. Nem por isso, ao circular pelas jaulas e observar os espaços vazios ou as áreas ampliadas para as outras espécies, Noé conseguia evitar a expressão desiludida que fez Naama tocar no seu braço e perguntar O que foi, homem? Sabe, às vezes, que Iahweh me perdoe, sinto-me um Deus às avessas, descriando o mundo, decidindo quem não vai se multiplicar. E ouviu sua mulher dizer que talvez ele agisse como Deus protegendo aqueles que ele criou à sua imagem e semelhança. E Noé pecou porque sorriu. Ou porque abraçou forte Naama, e os dois foram-se todo instintos para uma das jaulas vazias.

E já topeis com um banco ou uma cadeira ou um móvel qualquer e vos sentistes tomado pelo azar? Pois quando a esposa de Jafé, levando bifes de cronópios para a mesa, esbarrou num banco e deixou cair as carnes e a gamela e, lógico, o banco também, a mulher deve ter se sentido amaldiçoada, assim como todos ali naquela casa flutuante, sempre à espreita de uma comprovação da sua culpa. Não sabereis se ela assim pensou, porque não chegou aos dias de hoje um evangelho, um apocalipse, um qualquer texto narrado e assinado por essa mulher sem nome. Mas podeis saber que Noé registrou que disse para sua nora, Abençoada sê tu, mulher, e ninguém entendeu mais nada, a carne do holocausto de uma espécie inteira caída no chão, a mulher no chão, tudo mais perto do inferno do que do céu, e Noé a dizer abençoada? E então ele apontou para o banco que não era mais do que um tronco e, embora a física estivesse por ser descrita, ela era evidente para todos: o tronco, na sua forma que a geometria um dia iria descrever como cilíndrica, não tinha rolado, ao contrário de todas as outras vezes em que havia caído e havia rolado ao sabor das ondulações do oceano mundo. Estava parado e parados estavam todos a observá-lo, porém, antes que se dissesse que pareciam adorar falsos ídolos, sem dizer nada a ninguém, Noé correu até uma das paredes armado com que conheceis hoje por machadinha e, sem precisar fazer muita força, ou porque força não faltasse ao homem bem alimentado que agora ele era, abriu a golpes e golpes e golpes o que poderia ser uma janela no que já era casa e, como se tivesse visto o próprio demônio, virou o rosto na direção dos seus. E viu que eles faziam caretas, mas, no meio dessas caretas, escondiam sorrisos. E Noé, com a calma de quem já não conta há quantos dias navega sobre um mundo que se foi, virou-se, habituando os olhos à luz, ao dourado, ao azul, ao que sempre esteve por trás das nuvens que já não estavam mais lá. E a única chuva foi a sua. E ele disse:

— Tragam-me um corvo.

E ninguém quis pensar que dia era esse.

E foi uma sucessão de acidentes compreendidos como um abraço afetuoso de Deus. A arca já podia ser mais casa do que embarcação, encalhada que estava, com endereço fixo já há pelo menos vinte sóis. Por certo, nem Noé, nem ninguém saberia dar a localização onde se encontravam, mas sabiam que não estavam ao léu, encalhar era um excelente sinal. Noé, um capitão que sorri quando o seu porta-vidas encalha. E estabilizados talvez sobre a montanha mais alta do mundo, com sol iluminando a mesa de jantar, com uma costeleta de mingu fumegando ao centro, com planos de filhos e casas novas e um mundo novo, eles seriam o retrato de uma família feliz, se houvesse retrato, ainda mais no momento em que novo acaso, que podeis julgar como não dos mais agradáveis, se apresentou sobre a mesa. Dizem que era o ano seiscentos e um da vida de Noé, mas nem ele sabia ao certo que ano era aquele, e isso era o que menos importava, porque, antes que alguém abanasse para tirar a pomba que caminhava em meio à refeição, Noé, com um gesto de mão, paralisou toda a humanidade. E, com a outra, vencedor, retirou do bico do bicho um ramo novo de oliveira e, com a mesma expressão que alguém faria no futuro para exclamar Eureka!, disse Acho que as águas escoaram da superfície da terra. E esse era enfim o sétimo dia, em contagem regressiva.

E foi quando um pombo não mais voltou, e depois o morcego e depois o tuiuiú e tantos outros que começaram a migrar em busca de ninhos onde ninguém lhes roubasse os ovos, que Noé teve segurança para chamar os seus filhos e fazer uma reforma na casa: com todas as ferramentas que possuíam, os quatro homens inventaram o que conheceis por teto solar ou solarium: arrancaram um bom pedaço da cobertura que já não era indispensável. E Noé disse para Naama Infelizmente sacrificamos as renas negras, mas que não seja em vão este holocausto, prepare-as, façamos a nossa refeição de despedida desta casa, e todos se fartaram e comemoraram. E não foi sem susto, ou medo, ou culpa que Noé acordou da sesta após empanturrar-se com carnes que nunca mais nenhum deles comeria, pois o despertar não veio com Naama e suas carícias, nem com o som de algum animal ou com um facho de sol, mas com uma voz divina:

— Noé,

Ele pensou nas renas negras, no almoço de ontem, no de anteontem, pensou que viria um novo dilúvio, ou um incêndio dessa vez, ou o mundo viraria um enorme buraco, e ajoelhou-se, e Senhor, Iahweh, mas não se interrompe assim a voz de Deus:

— Sai da arca, tu e tua mulher, teus filhos e as mulheres dos teus filhos contigo. Todos os animais que estão contigo, tudo o que é carne, aves, animais, tudo o que rasteja sobre a terra, faze-os sair contigo: que pululem sobre a terra, sejam fecundos e multipliquem-se sobre a terra.

E Noé se levantou, alisou suas roupas, não fez o sinal da cruz porque ainda não havia o filho nem o espírito santo, mas disse, Obrigado, Iahweh, deixou o quarto pela última vez e desceu as escadas pela última vez e reuniu a família dentro desse lar pela última vez e contou a boa nova. E então Noé saiu com seus filhos, sua mulher e as mulheres de seus filhos; e todas as feras, todos os animais, todas as aves, todos os répteis que rastejam sobre a terra que vós conheceis saíram da arca, uma espécie após a outra.

Copyright © 2019 Reginaldo Pujol Filho

CONSELHO EDITORIAL
Gustavo Faraon, Rodrigo Rosp e Samla Borges
PREPARAÇÃO
Rodrigo Rosp
REVISÃO
Samla Borges
CAPA E PROJETO GRÁFICO
Luísa Zardo
FOTO DO AUTOR
Jajá Menegotto

**DADOS INTERNACIONAIS DE
CATALOGAÇÃO NA PUBLICAÇÃO (CIP)**

P979n Pujol Filho, Reginaldo.
Não, não é bem isso / Reginaldo Pujol Filho.
— 2. ed. — Porto Alegre : Dublinense, 2023.
160 p. ; 21 cm.

ISBN: 978-65-5553-125-1

1. Literatura Brasileira. 2. Contos
Brasileiros. I. Título.

CDD 869.937

Catalogação na fonte:
Ginamara de Oliveira Lima (CRB 10/1204)

Todos os direitos desta edição
reservados à Editora Dublinense Ltda.
Porto Alegre • RS
contato@dublinense.com.br

Versões anteriores dos seguintes contos já foram publicadas:
- *Essa sobra de mim* (Jornal Rascunho)
- *Krov u rot* (Revista Flaubert)
- *No céu nunca chove* (antologia do Prêmio Off Flip, Revista Verbo 21)
- *Síndrome de Amnésia Induzida* (Revista Pesquisa Fapesp)
- *Uma frase para a posteridade* (Suplemento Pernambuco)
- *Jorge, Enrique, seus personagens* (Letra de Hoje)
- *O que é barco, o que é casa, o que é mundo* (Coleção Formas Breves)

Crédito das fotos em *O que não saberemos*:

1, p. 80: Floris Looijesteijn/Flickr CC BY 2.0

2, p. 81: info-horyzont.pl/Flickr CC BY-ND 2.0

3, p. 84: Kolesnikov Note, imagem disponível pela Wikimedia Commons

4, p. 85: frame do vídeo *La tragedia del submarino K141 Kursk*, disponível no YouTube

5, p. 87: info-horyzont.pl/Flickr CC BY-ND 2.0

6, p. 89: Cristian Unguera/Flickr CCO 1.0

7, p. 92: Statsministerens Kontor/Flickr CC BY-ND 2.0

As imagens inseridas foram obtidas a partir licenças CC e que obedecem às regras definidas nas respectivas modalidades de licenciamento.

Não, nunca será bem assim agradecer a Jajá, porque nunca será só sobre este livro, nem sobre os outros, nem pela primeira leitura de quase tudo, é mais, sempre muito mais. Vivo tentando, mas nunca sai bem aquilo que eu queria dizer.

E, por outros motivos, qualquer outro agradecimento aqui não será bem o que deveria ser. É tanta gente metida nestes textos, nesses dez anos, mas vá lá: meus pais e minha irmã, sempre; colegas da saudosa oficina do Kiefer e o Kiefer, claro (nota especial para Ana Marson, que me apresentou a Maria da Paz); colegas do Grupo de Criação Literária do Kralik (em suas diferentes escalações) e colegas, professores e professoras do PPGL da PUCRS; Gabriel Magadan, pela consultoria jurídica; Paulo Scott, Mário de Carvalho e Marianna Teixeira Soares, que leram em diferentes momentos e não me disseram para parar; Sérgio Sant'Anna, leitor generoso e leitura obrigatória que fez todo o trabalho já se justificar. E o inevitável Rodrigo Rosp, que há uns anos me mandou buscar outra editora e agora me recebeu de volta aqui.

Descubra a sua próxima
leitura na nossa loja online

dublinense.COM.BR

Composto em LINUX LIBERTINE e impresso na PRINTSTORE,
em AVENA 90g/m², no VERÃO de 2025.